ロスの御輿太鼓

金真須美
Kim Masumi

作品集

社会評論社

ロスの御輿太鼓

金真須美 作品集

●目次

Ⅲ

I

贋ダイヤを弔う

　本日はご多忙中のところ、高本正明こと高鉄元《コ・チョロン》の法要にお集まり頂きまして、誠に有り難うございました。早いもので、この頂妙寺の庭に紫陽花の咲き乱れる季節に、父を見送りまして十三年が過ぎました。

　一昨年には、三十九歳という若さの主人を、やはり暑い盛りに故人といたしました。幼少時に母を亡くし、また子宝にも恵まれなかった一人娘の私は、三十代半ばで早くも家族全員を失ったことになります。

　先程、法要の始まる前に、このお庭の紫陽花をながめておりまして、虹色に輝く花びらの色合いに、生前父の扱っておりました宝飾品を思い起こしておりました。苦労して財をなし、妻を亡くした後は、これといって楽しみを持たなかった父にとって、宝石は無類の喜びであったようです。私にも、アメジストやサファイヤ、ルビイにブルーマリンなど分に過ぎたものを、早くから婚礼用に揃えてくれては、時折手提げ金庫の中から取り出して、老眼にルーペを重ね、まるで愛妻を見つめるようにあきもせず、それらの石に見入っていたのを、昨日のように思い出します。

ところで、そんな父が何より大切にしていたネクタイピンがあります。それはまた、亡き主人に生前父が譲った唯一の品でもあるのですが、先日その話を知人にしたところ、二重の意味での大切な遺品になるのだから指輪につくりかえたらどうか、と渋谷のとあるギャラリーを紹介されました。

プラチナ台に大粒のダイヤをあしらったそれは、これが一番自分にふさわしいものだ、と生前ことあるごとに父が口にして大切にしていたもので、それを譲り受けた主人も、お義父さんに頂いた高価なものだから、と世田谷で医院を開業する際、開院式につけたきり、大切に桐のタンスの奥にしまいこんでいたものです。

宝石にはさして興味のない私も、常に身につけられる遺品になるならと、有名な宝飾デザイナーにお願いすることになったのですが、実はそのダイヤが全くの偽物だったという事がわかったのです。

長年、私の胸の内だけに秘めてきた事を、親族の皆様に今日知って頂くつもりになったのは、実はそのタイピン故です。皆様のなかには、途中、怒りのあまり中座される方もあるかと思います。ですが皆様が激高のあまり話の最中に声をあげ、手をあげられたとしても私は覚悟しております。天涯孤独となった一人身に、もはや怖いものもございません。こうやって、ハンカチで襟足の汗をぬぐいながら、私はどんな非難をもうける決心でおります。ですから、どうぞ最後まで愚かな女の一人話に、目をつぶり耳をかたむけてくださるようお願い申しあげたいのです。

…………。今の皆様の沈黙、お許しとうけとめて話を始めさせて頂きます。


ここにお集まりの皆様には旧知のことですが、父方の祖父、高元明《コ・ウォンミョン》が、強制連行によって、岩手県の炭坑につれてこられたのは、一九三〇年代のことでした。日本人鉱夫と違い、韓国人鉱夫はより危険な場所での作業をさせられ、又賃金は貯金という名目でほとんど手に入らなかったということです。あまりの辛さに逃亡する人が多かったという事ですが、大抵は見せしめに殺されたと聞いています。それでも一か八か、祖父は、賄い婦だった祖母と一緒になって逃亡し、なんとか逃げのびてのちのち廃品業を営むようになったのです。ところが、鉱夫時代の過労がもとで右手足がきかなかったということです。

在日韓国人二世の父は二人兄弟の末っ子として生まれ、祖父の日本人への怒り、憎しみの言葉を子守歌がわりに聞いて育ったといいます。学費さえ満足に払えないまま中学校を卒業し、家族に早く楽をさせたい一心で単身上京、年齢を偽って土木作業員になりました。その後は、屑鉄拾い、清掃業、トラックの運転手をしながら小金をため、小豆の売買で儲けたお金を基に、不動産業に手を染め一財産を成すにいたったのです。その時代、在日韓国人として生きるための相当な苦労と努力があったことは、ここにお集りの皆様には申すまでもない事と存じます。

大阪にいた友人の紹介で亡き母と結婚してからは、文字通り馬車馬のように働きました。が、産後一年目、脳溢血で妻には先立たれました。また悪いことは重なるもので、その当時保証人になった友人に騙され多額の借金ができたのですが、一人娘の成長を励みに再起し、成功してからは還暦前だというのに一線から退き、趣味で宝飾品を取り扱うような日々を送っておりました。

生前、そんな父の口癖は、「日本人だけは許せない」ということと、「ニセモノはダメだ。何でも本物でないと」ということでした。

前者は在日韓国人としての辛酸をなめたものの言葉であり、また後者は宝石を扱う商売人のものだろうと推察しておりました。

そんな父は絵画にしてもけっしてレプリカなど買わずに、どんなに小さい版画でも作者のサインの入った本物を手にいれておりました。

母親を早くに亡くした一人娘への不憫さもあってか、私への父の愛情はなみなみならぬものがありました。

世田谷の家に銀座の三越から外商をよんでは、季節の始め毎に洋服を舶来ものの生地で仕立ててくれ、帽子や、靴にハンドバックにいたっては、海外からとりよせる凝りようで、その度に、「本物が一番だぞ」というのが口癖で、またその後ではきまって、「日本人とだけは結婚させせない。万一そんなことがあれば相手の目をついて、自分も死ぬ」とつけくわえたものです。

普通なら、ただの脅かしととれるこれらの言葉も、父の気性を知っている私には言葉上のものとは思えませんでした。

あれは大学に入った春のことでした。友人と当時流行のイミテーションパールのネックレスを揃いで買ったことがあったのです。映画をみた後それをつけてはしゃいで外出から帰った私の、ピンクの丸首のカシミヤのセーターにつけていたそれを見るなり、父は無言で私の首からそれをひきちぎり、

「あれ程ニセモノはよせといったろう、貴子は何でも本物を身につけろといったはずだ」

と、申しまして、その場で知り合いに電話をいれ、二連の本真珠を注文したことがございます。父の激しい行動と口調に驚いた私でしたが、口答えはしませんでした。私には苦労して財をなし、自分を溺愛してくれる父に反抗できる程の強さもなかったのです。

程なく出入りの業者がアコヤ真珠や黒蝶貝などをとりあわせやってまいりました。幼少時から物をふんだんに与えられすぎたせいか、私には物欲というものがあまりなかったのですが、もちおもりのする、艶やかな真珠をかけた後では、イミテーションの軽さが、気楽なような、それでいて何だか虚しいような妙な気持になったのを覚えています。

それよりもっと父を狂人のように怒らせる言葉があるのを私はしっていました。

あれは雛祭り前のことでした。当時小学校一年生だった私はピアノのレッスンからの帰り、むかえのお手伝いと帰路につこうとしていたところ、近くの酒屋の次男に通りすがり

に声をかけられた事がありました。

「どこの子だとおもったら、高本のガキか、チビの癖に毛皮の襟巻きなんてしていやがらァ、いいきなもんだ、チョウセンが」

　普段から、口の悪いことで有名な酒屋の息子でしたが、ニキビのできた顎をしゃくり、風船ガムを道に吐き捨てて言いました。父がそこから酒類をとらないことがおもしろくなかったのでしょう。息子がなにげなくいった言葉でしたが、若いお手伝いの顔の表情が一変したことに気づいた私は、その言葉がドロボウという言葉と同じように、何か恥ずべき類いの言葉だと思いました。

「ね、あのおじちゃんいまなんていったの？」

　裏に兎の毛皮のついた赤皮の手袋で頬を押さえて、上目使いにお手伝いに尋ねました。が、遠縁の親戚筋にあたるその女性は、

「貴子さん、今のこと、旦那様には内緒ですよ」

　そういったきり、下唇をかみしめ、どんどん足早に家路を急ぎだしたのです。私は普段おっとりとした彼女の形相にも驚きましたが、それ以上は聞かず、転ばぬように彼女の太い腰にまきついた白いエプロンの端を握りしめ、小走りに家路に向かいました。

その日、夕食後、暖炉の前で新聞をひろげた父はロッキングチェアーでゆったりとくつろいでいました。赤と紺のペーズリィー柄のガウンをまとった父は、株式のページをみていたのでしょう。私は全面に幼虫が這ったような黒いページを父が熱心によんでいるのを、なんの記号かしらと、横合いから眺めておりました。暖炉で薪がはねる音だけがする、静かな晩でした。

仕事一筋で忙しい父と私には、食後のひとときは、唯一の親子団欒の時間でした。といっても、父はもっぱら私の話の聞き役で、私には学校の話や友達との話の間に、ほしい人形のことをねだったりできる、一日で一番楽しい時間でした。父は私のほしがるものは何でも与えてくれました。ピアノが習いたいといえば、翌日にはグランドピアノがつきましたし、雛人形がほしいといえば、七段飾りのものが、作者の名前をいれて木札といっしょに飾られていたという具合です。飽き性の私はどれもすぐに飽いてしまったのですが、その日は、翌日友達を呼んで雛の節句を祝うことになっていたので、はしゃいだ気分であれやこれやと学校であったことなどを話しておりました。

父も機嫌よく、ピアノの上に飾るフランス人形がほしいという私の言葉に、「日本のフランス人形はまがいものだ、本物をとりよせてやろう」といいだし、私は人形の裾のひろがったスカートの色について夢中になって思いを巡らしておりました。

その時ふと、今日、酒屋の息子がいった言葉を話して、父がなんといってくれるか見てみたい、そんな気持ちになったのです。今日言われた言葉の深い意味は解らないけれど、父ならきっと私の側について怒ってくれだろう。幼児が甘い菓子を与えられたあと、もっともっととせがむように、私の内に父の愛情をさらに確認しようとする気持ちがあったのだと思います。

その言葉をいう時、駄菓子屋でよく食べた、三角形の凧糸のついた飴をころがすような感触が口中にひろがりました。小型の打ち上げ花火ぐらいの大きさの飴は、初めになめるときまって、そのざらついた砂糖が口の粘膜を刺激したものです。

酒屋の息子にいわれた言葉を私が吐きだすと、お気に入りの清水焼きのコーヒーカップで食後のコーヒーを楽しんでいた父はロッキングチェアーの上で姿勢をかえ、お雛様に供えてあったあられに手をつけようとしていた私に向かって、

「あの酒屋の息子がそういったのだな」

そう聞き直しました。

あられを口にしていた私は、父の声の鋭さに思わずふりむくと、面長で頬骨の高い父の

顔は地黒なのか、昔の仕事の為か黒くやけていたのですが、興奮で赤みがさしたせいか、たくさんの絵の具を混ぜたバケツの水のように濁っていました。

　私は父の、形相の恐ろしさに口がきけませんでした。

「貴子にあの息子がそういったのだな、と聞いているのだ」

　父は前よりも低い声でうめくように聞き直しました。私は、雛壇の前につめよった父のせいで、黒い御殿を肘で落としてしまいました。

「違うの、パパあのね」

　そういいかけた私の前で、父は雛段の毛氈の裾をもったかと思うと、いっきにそれをもちあげました。内裏雛、三人官女、鏡や長持ちなどの御道具の数々が、空を描いて、室に舞い散りました。五人囃子の一人の首がペルシャ絨毯の上を落花生のように、ころころころがってゆきました。

「貴子にそういったのだなと聞いているんだ」

　父は、もう一度声をあらげ聞いたのです。

　私は、泣きながら首を縦にふりました。何か取り返しのつかないことをしたという恐ろしさに体が震えました。次に気がついた時、父が玄関をでて行く音が聞こえました。あわてて二階の自室で休んでいたお手伝いを呼びに行き、二人で父の後を追いました。ひどく息がきれたのを覚えています。濃紺の空からは、ぼたん雪が散っていました。頬に雪の粒をうけながら、私は日ごろ穏やかな父が、人が変わったようになったことが悲しく、またそれ以上に何かわが家には触れてはならないことがあるのだ、と納戸の奥にしまわれた、胸の下からひろがった奇妙なスカートをはいた人形のことや、父が毎食口にする赤い漬け物のことなどを思いおこしておりました。

私達は随分走って、酒屋近くの交差点で黒い固まりがもがいているのを見つけました。よくみると、血まみれになった息子を父が狂ったようになぐっていたのです。まもなく、店主の通報でパトカーがやってきたものの、私はあまりの恐ろしさに失禁してしまいました。父は私には限りなく甘かったのですが、その日のできごとが私への愛情だけでないことが私にも解ったからです。下着をぬらしたままの格好で、寒風に冷えた足をさらされながら、私は自分が蜘蛛の巣にかかった獲物のように、何か逃れられないものに捕われていると感じて息苦しくなったのを覚えています。

その事件の直後、カトリックの私学の女学校の願書をとってきたのは父でした。区域の学校へ通っていれば、いずれ私がいやな目にあうだろう、そう父が懸念しての事でした。

多くの在日韓国人がそうであるように、父は帰化しないまま、通名の日本名のみを使用していました。遠方の学校であれば、まず通名を用いている限り、私がいじめられることはないだろう。そう考えたのだと思います。

片道一時間をかけて、私は横浜のK女学院に転校することになりました。亡くなった母がクリスチャンだったこともあり、私も時折、近所の日曜学校へ遊びに行ったりしていましたから、学校に違和感はありませんでした。

K女学院は神の慈愛に基づいた、また恵まれた環境の子女ばかりでしたので、差別意識など生徒には無縁のことのようでした。ところが、中学、高校、大学と長ずるにつれ、思わぬできごとが私のまわりに起こるようになりました。

一番最初は中学の修学旅行のことでした。私達は京都に行ったのですが、京極という繁華街の店先で、民族学校の生徒達と隣あわせたことがあったのです。

地元の民族学校生だったのでしょう。七、八人はいたでしょうか、黒のチマ・チョゴリの制服姿で髪は一つにまとめていました。親戚の、そう赤羽の伯母様に似た、頬骨のはった切れ長の目の女生徒が、土産物店で舞妓の人形や香り袋等の品を物色していた私達を指さして何かいいました。早口で話す韓国語はさっぱりわかりませんでしたが、恐らく、私達の関東弁がおかしかったのだと思います。私は仲のよい友達六人のグループでの自由行動をしていたのですが、早くその場を去りたい気持ちにかられていました。

というのも、親戚のおば様達に似た面ざしの彼女達は得意気に韓国語を話しているのですが、意味はさっぱり解らず、親近感はおぼえても、自分はあの側に入っていけない人間だとしったからです。やや間があって、友人の一人が、選んでいた京扇子をパチリとたたんで、

「いきましょう、気分が悪くてよ」

そういって長く編んだ三つ編みを左右にはらい、店を出ようとしました。彼女は美人で頭もよくグループのリーダーでした。みんなはいつも、的確な指示を出す彼女を尊敬していましたので、私達は早々に店を出ることになりました。

「いやだわ、チョウセンジンて。ママがいってたわ。あの人達の国の男の人は女をぶつんですって」

店をでた彼女の言葉にみなが頷き、他の一人が、

「はやく国へかえればいいのにね。どうして日本にいるのかしら?」

といって、何事もなかったように、今度はお汁粉を食べにいくことを提案しました。私達は、河原町近くの店に入りましたが、私は好物の汁粉を食べる気にはなれませんでした。いつも、ボランティア活動などを率先して行う親友の言葉にショックをうけたこともあるのですが、自分がどちらの側にも入っていけない類の人間だと解ったからです。

本名をなのり、臆することなく韓国語を話せる境遇にいる彼女達と日本人の親友達。自分は愛と平等を謳うキリスト教の学校で宗教を学びながら、両者を欺き通すという背徳の行為を行っているではないか。そんな、自己批判が私を襲いました。

これからの行動を練る友人達を前に、私は右手にはめた指輪にそっと触れました。指輪は、親友同士のあかしにと、当時流行っていたビーズをピアノ線にはめ込んだオモチャだったのです。私はこれをはめているわけにはいかない人間なのだ、と汁粉の湯気のたつテーブルの下でそれを外しました。今おもえば、精一杯の、彼女達への反抗でした。

その後、私がもし民族学校の生徒と自分は同じ血の流れる人間だといったら、彼女達はどういうのだろうか、と考えるようになりました。また、一方でそういったところで、自分の内に、本当に韓民族の血が流れている証明がどこにあるのだろうとも考え続けました。その問題を拡大した出来事が、私を待っていたかのように高校で起こることとなったのです。

小学校から大学まで一貫教育のシステムを持つK女学院は、当時、中学高校の校舎増設のため、工事を始めておりました。過保護のPTAが、工事の音がうるさいと授業に差し障りがある、と申しまして、私達は高校入学直後、神奈川のある地区に、急ごしらえの仮の校舎を得たのです。ところがそのすぐ近くに韓国の民族学校が隣接していたのです。

中学の卒業旅行以降、その事に敏感になっていた私は民族学校の生徒と乗り合わせると、狼狽いたしました。修学旅行の時と違って、男女を合せた生徒達の数はたいへんなもので、朝、登校の電車を待つ間プラットホームの遠くから黒い制服の固まりが見えると、私は遅刻しない限り列車を遅らすようにしていたのです。結局、彼らの登校の時間を調べた結果、一時間早く登校することでひとまずその場をしのぐことに落ち着きました。

ところで、私達の女学院は高校から一般募集で二クラス増やすのが常でしたから、その校舎へ通いだした頃、私達は新しいクラスメートを得ておりました。

内部生だった私達は、新しいルームメートに無条件で好意的だったわけではありません。外部生と呼んでいた新入生に、新参者を迎える旧市街の人間のような、好奇心の裏にどのシスターのクラスが単位を取りやすいかを教えることを阻むような、そんな気持ちを持っていたものも多かったようです。

私達のクラスにも四分の一を占める、十名程の外部生が入ってきました。なかに星山愛子という生徒がおりました。声はハスキーボイスで、細い瞳は冬枯れの曇天の空のように陰りがありました。普段目立たない人でしたが、英語の発音がすばらしく、リーダーを読む声はネイティブスピーカーのそれのようでした。内部生の中でいつも英語のスピーチで県大会に出場していた生徒がいたのですが、二学期のある日、英語の担任教師が「今年は星山さんに出てもらいましょう」と、彼女の突出した英語力をほめ、皆の前で発表したのです。いつもひかえめな彼女は困惑したなかにもうれしさを隠しきれない表情でしたが、このことが大きくその後の彼女を変えていくことになりました。

六月の蒸し暑い、雨の降った土曜日のことでした。私達は授業の後、先を競うように靴箱に急ぎ、簀の子に音をたてて上靴をぬぎすて、傘を広げていたのですが、星山愛子の傘を見て、友人達が肩をよせあって何か噂をしているのです。私はその日、父と銀座で食事をすることになっていましたので、彼女達の会話に入らず、紺色の制靴に白いソックスに包んだ、くびれのない太い足を無造作につっこんでいました。

靴脱ぎ場では思春期の女生徒達の汗が、六月の雨と混じりあい、むっとした匂いがたちこめていました。時間にうるさい父のことだから急ごうと、傘を手に、外に出ようとした時、クラスメートの一人が私の肩をつついていいました。

「星山さんの傘、見た」

それは茶色の地色にLとVのロゴマーク。ルイヴィトンのメーカーものでした。

「ええ、見たわ」

私は重い鞄を抱えながらいいました。裕福な子女の多い学校でしたから高級な時計やブランド物のサイフの類はさほど珍しくなかったのです。

「あの傘とても高いのよ。でも、知ってた、タカちゃん。あの傘かよちゃんの失くしたものと同じなの。みんな噂してるわ。彼女がとったんだって」

かよ子というのは英語の弁論大会から降ろされた女生徒でした。

「だって、あの傘、他にも一杯もっている人いるじゃないの。そんなこと解らないわよ」

私はあれ以降、村八分にされている星山が気の毒になって弁護しました。

「だって、きっとそうよ、きまってるわ彼女に。あの人チョウセンジンなんですもの」

私は胸ぐらをドンとひとつきされたようで、その場に立ちつくしました。

「あのね、この間、別のグループの子が聞いてきたのよ。彼女の家、焼肉屋なんですって。

それにね、なんだかいかがわしいホテルも経営しているらしくてよ」

クラスメートの言葉に私は、さりげなく鞄の中身を点検する振りをしながら、話題をかえるのに精一杯でした。

「あれ、おかしいわ、私、定期を机の中におき忘れてきちゃったみたい。ちょっといって調べてくるわね」

そういってその場をすりぬけたのですが、胸の動悸がなりやまず、小走りに走って教室前の廊下脇に設置された冷水機の水で唇をしめらせました。

まさか、と思ったのですが、それには訳がありました。その前の週、星山愛子に遠足の事で電話連絡をしていた時のことです。その時リビングの電話でのやりとりを聞いていた父が、電話を切った後、

「星山という生徒がいるのか。その名前は韓国人だな」

といって黙ったのです。

私は驚いて父に聞きました。

「どうしてそんな事がわかるの。彼女は日本人よ」

父は知人から宝石の鑑定を頼まれて、石の純度を調べているところでしたが、私の質問

が聞こえたのか、聞こえなかったのか返事はありませんでした。名前から韓国人とわかる例は二、三ありますが、私にその名前は意外でしたし、まさか自分と同じ立場の人間がこのクラスにいるとはと大変驚いていたのです。

星山のことは、好きなスターの噂話や、数少ない男子教師の品定めと同じように、あちこちで囁かれ、さざなみのように広がっていきました。長雨の中を設備の悪い仮校舎でうんざりしていた女生徒達は雨で外にでられない時など、かっこうのうさばらしにしていたのです。私は彼女に同情しながらも、自分のこともいつばれるかもしれない、と気のはりつめた毎日を送っていました。それが、突然この陰湿ないじめに終止符が打たれる事となったのです。あと少しで夏休みという日でした。文化祭の委員長をきめるホームルームがもたれました。一通りの選出が終わり、シスターが授業最後の祈りを始めようと、教壇にあがったところで、不意に星山愛子が立ちあがったのです。

私はドキンとして彼女の起伏のない無表情な横顔をそっと見つめました。

「シスター・マリアン、私に少しお時間をいただきたいのですが」

小柄な体を黒い修道服に身を包んだ担任のシスターが欧米式に肩をすくめ、キノコ型のベールをかぶった頭を少しかしいで、どうぞ、と教壇を降りました。

窓際の一番後ろの席から、まっすぐに星山が教壇に進みでていきました。紺サージの制服の胸元を飾った臙脂色のリボンが、さわさわと彼女の大股な歩みに連れてゆれておりました。生徒は静かに彼女の挙動をみつめています。私は動悸がひどくなるのを感じていました。

「今日、私は皆さんにお話ししたいことがあります」

彼女は低い鼻から大きく息を吸い込むと、下唇を噛み、頬骨のはった大きな顔を緊張させた後、突然空気のぬけたゴムまりをたたむようにぐにゃりと歪めて、

「実は私の名前は星山愛子ではありません。私の名前はリー・エジャです。皆さんご存じのように朝鮮人です。本当は日本人ではありません。でも私は人のものをとるような人間では絶対にありません。あの傘は決して生活の楽ではない父が、皆さんにひけをとらないようにと、デパートで買ってくれたものです」

そういったまま教壇につっぷして嗚咽を始めたのです。私は頬から耳にかけてボーと熱くなるのを感じていました。噂の発起人であるかよ子という生徒がうなだれ、他の生徒も罰が悪そうに目配せをしていました。シスター・マリアンは星山に近よると、自分の倍ほ

どもある彼女の背中をそっとなで、

「皆様、今日は主イエス・キリストに星山さんの事をお祈りして終えましょう」

そういって、慈愛に満ちた笑みをつくり、生徒手帳に書かれた主の祈りのページをあけて、聖書の一篇を読み始めました。

星山の嗚咽が犬の遠吠えのように響く中、ぞろぞろとたちあがった生徒達が、手帳をあけ、聖書の一篇を唱えはじめました。ですが私は唱和しませんでした。噂を耳にはさんでいたのに事件をきちんと解明もせず、神に全てを預けた教師への反発もありました。が、それ以上に、たった今起ったできごとが何を意味しているのか理解するのに時間が必要だと思っていたのです。

皆が詩編を唱和する間中泣いていた彼女は鼻先を真っ赤にしていました。シスターのさしだした白いハンカチを握りしめ、抱き抱えようとするシスターを振り払い、

「これからはリー・エジャとよんでください」

醜く腫れあがった瞼を見開き、はっきりとした口調で正面を向いて言いました。涙とともに感情解放したのか彼女は満足げで、別人のように見えました。私には不思議と彼女に同情の気持ちは湧いてきませんでした。ただ泣き顔がとても醜くく見えたので、どうして

涙など流したのと、理不尽な憤りを覚えたのでした。平凡な女子校にとっては大きなできことでしたが、事件はこれで終わったわけではありませんでした。

二週間後の放課後のことでした。日直だった私は、学級日誌を書きあげ、職員室に急ごうと筆箱を片づけていました。いつもは二人組なのですが、その日はもう一人の生徒が休みでしたので、教室での居残りは私一人でした。夕焼けが射し込む教室に雑草を焼却炉で燃やす匂いが風にのって漂っていました。茜色の空の美しさに窓に近よると、遠くで合唱クラブの歌うアヴェ・マリアが聞こえてきました。歌声は雲にすいこまれるように空に上っていきます。その時、ふと人の気配に振り向くと星山愛子が立っていました。

「お話があるの」

窓際に近づいた彼女の大きな骨ばった顔は、夕日に染めあげられて赤く燃え上がって見えました。あの事があって以来彼女は実に堂々としていました。もう誰も噂をするものはおりませんでしたし、何より彼女の毅然とした態度に皆圧倒されていたのです。私をまっすぐに見つめる目はいつものように腫れぼったかったのですが強い光を帯びていました。

「何かしら」

私は平静を装って鞄に茶色い皮の筆箱をしまいました。少しの沈黙がありました。

「じゃあ、これをシスターに出しにいくから、リーさんあなたもいらっしゃる?」

　言いながら教室をでようとしたのですが、大柄な彼女はさっと前に立ちはだかり、

「随分しらじらしいのね。高本さん、あなたが韓国人だっていうこと私知っていたのよ。どうして、あのとき、私のあとに続いてくれなかったの。私、てっきりあなたも本名をなのってくれるものと思っていたわ」

　彼女は用意していたらしいセリフをいっきに吐きました。私は驚いて彼女の一重の目をみつめました。

「家の父はね、あなたのアボジのこと商工会議所で知っているのよ。もっとも家は北朝鮮だからあなたの家と厳密にいえば国は違うのだけれど」

　彼女は詰問口調のなかにもうれしそうでした。私を仲間として認めているといいたげに、舌で右の頬の内側をなでておりました。

「ね、あなたはコ・キジャなのよ、みんなの前でいうのよ。きっとすっきりするわ。堂々と生きられるわよ」

　彼女はいつになく雄弁でした。隠す必要がなくなったことがこんなにも人間を変えるのだろうか。私は感心して彼女の様子を眺めていましたが、あれ以来思っていた言葉で切り

返すことを忘れませんでした。

「本名をなのることがそんなに大切なのかしら。事実と真実は似ていても、時に青と緑ほどの違いがあるのよ。近似色どうしが相反するっていうことも私達の場合ないとはいえないわ」

私は声のトーンを落として言い捨てると、日誌を小脇に抱えて、教室から飛び出しました。リノリウム張りの廊下に、上履きの音をたてて職員室に向かいながら、私は星山は本当に自分が他の生徒達と違う血の流れを持つ、あの国の人間だと認めているのだろうか、と興奮していました。

事実を露呈したところで何が生まれるというの……。どの道どちらの人間にもなりきれないというのに。

星山にとっての私の言葉は詭弁にすぎなかった事と思います。実際、事実を認めたくないという逃げ口上もあったのは確かです。ですが、事実を告げたところで何が変わるのか、その頃の私にはとうてい理解することができなかったのです。

夏休み後、最新設備の新校舎にもどった私達は、もう民族学校の生徒達と乗り合わせることもなく、クラス替えのあと、星山愛子と離れた私は、ひたすら本名を隠したまま大学生となったのです。彼女はその後国立大学を受験し女学院から出ていきました。卒業証書は本名で呼ばれて、微かな囁きがおこったのですが、それきり彼女と私は会ったことがありません。

失礼、つい長話をしてしまいました。話の本題からはそれるようですが、よろしければついでございます。もう一人、忘れられない友人のお話をさせて頂いてよろしゅうございますか。冷めてしまいましたが粗茶など含まれて、足などお崩しくださいませ。

その後大学で、私は星山の事件の投げた疑問をもう一度問いかけられる機会を得たのです。彼女の名前はもう忘れてしまいましたが、容姿がエキゾチックな女性でした。

私は、K女学院の英文科に進んだのですが、大学の過半数は外部受験者でした。

その中の一人に、私は強く魅かれました。

栗のしぶ皮色に焼けた肌が、オイルを塗ったようにつやがあり、鼻の付け根が高く外人のように彫りの深い美しい人でした。肌に合わせて茶色に染めた髪をベリーショートにしていたのですが、当時、レイヤードカットというロングが全盛でしたので、それがまた彼女の容姿とともに際立っておりました。ノートを貸してあげたことから、友人になりました。大人びた彼女は一浪して入ってきたということでした。

「まあ、高本さんたら、お酒を飲んだこともないの。今度コンパにお誘いするわ」

そういって、他の大学との合コンに誘ってくれたり、

「いやだ。テニスぐらいできなくちゃ、デートにもいけないわよ」

といって使わなくなったテニスラケットをくれたりしたのです。残念な事にどちらも父は許してはくれませんでした。「それならお昼を一緒にしましょう」と、昼食をともにする事が多かったのですが、彼女は学生食堂を嫌って、喫茶店でランチをとるのがつねでした。私は手伝いのものが持たせてくれる弁当を捨てることもできず、彼女の吹かす紫煙に隠れてお弁当をこっそりひろげたりといったことをしていました。

おっとりとした私と、なんでもてきぱきとした彼女とは、万事対照的でした。温室育ちの内部生に飽きていた私には、彼女はとても新鮮な存在でした。内部からの生徒達は、彼女の美貌に嫉妬していたようですが、私は父の影響で美しいものが好きでしたし、姫とお付きなどと噂されても気にはなりませんでした。活発な美人でしたので、いつも違う車が彼女を迎えにきておりました。でも本命はいないようでした。彼女は、形のよい唇から煙を上に噴き出しては、「どの人もいまいちよ、この学校と同じくらい退屈」と私に苦笑し

ておりました。私には格好のよい男性にドアーをあけてもらって、町へ繰り出していく彼女が別世界の人のように眩しく写りました。

確かお父様がMコンツェルンの重役で、由緒正しきお家柄の人だという噂でした。

ゴールデンウィークの頃、彼女が一泊で鎌倉旅行に行く計画を話してくれました。異性と交際する事さえ許されない私は、一泊旅行する彼女の大胆さにただ驚いているばかりだったのですが、その旅行のあと、彼女の様子が一変したのです。

鎌倉から帰った翌日、休講の間、大学の中庭を散歩していますと、露で湿った芝生をふみながらルルドの前にきた時、彼女がぽつりと、

「彼、あっちの人間だったのよね」

そういってアーチ型に細く描いた眉をひそめたのです。あっちという意味が私には解りませんでしたので、なおも彼女の言葉をまっていると、

「カンコクジンだったの。彼の運転免許証を見てしまったのよ」

そういって、ふいにローズ色に塗った唇を歪めたのです。

彼女の話を要約するとこうでした。相手の男性と海岸をドライブしていると、車線変更不可の道路で前の車がとてものろのろと走ったので、彼が追い越したところ覆面パトカー

だったというのです。警官が免許の提示をもとめたのですが、彼は忘れてきたといったそうです。彼女は旅行中、彼のサイフを預かっていたので念のためと、彼がとめるのも聞かずサイフをとりだしたところ、免許証が入っていたというのです。名前は張一成《チョウ・イッセイ》、とあり、本籍の欄には大韓民国と書かれていたということでした。

「びっくりしたわ。看板に偽りありよね。どうして最初から言ってくれなかったのかしら」

彼女はすとんとジーンズのまま、芝生に座ると溜息をつきました。

自虐的な刃を自身につきつけてみたいサディスティックな感情が私を襲いました。

「どうして、いけないのかしら」

私は彼女の表情を観察しながらゆっくりと言葉を吐きました。

「まあ、ほんとに高本さんて何にも知らないのね。両親が悲しむわ。第一、我が家の家名に傷がつくでしょう。そんな人と結婚したら」

彼女は草をはんで言いました。この時、私に不思議と怒りの気持ちはわきませんでした。

ただ、彼女がいう、看板に偽りありという言葉にひっかかりはしましたが。私たちは無言でたちあがり帰路につく事にしました。

東横線にのったのですが、昼間で空いていた車体のなかで、並んで腰をおろした私達の前には一人の老母が信玄袋を胸に抱いたまま眠っているだけでした。発車間際にベビーカーの親子づれがのりこんできました。息をきらした母親は黙って、ベビーカーを座席のほうではなく、出入り口のほうに向け、私達に背を向けて立ちました。ふと、見ると、二歳ぐらいの子供の頭はとても大きく、ドッジボールぐらいの大きさがありました。目のあたりだけが、ぐいとひっこんでいたのですが、ややあって水頭症だという事にきづきました。

車体がごとんとゆれて動きだしますと、押し黙っていた彼女が大きく溜息をはき、

「わたくし、旅行中にもしできていたら、アボーションするわ」

そういって瞼を閉じました。巡りの悪い私はその言葉が堕胎という英語だったのに、随分間があって気づきました。

「そう」

私は子供がさわぐのに、無表情なまま、束ねた髪のほつれもなおさず、車窓をみつめる母親に目をやっていました。

「とめないの」

彼女が疲れた口調できました。

「しかたがないじゃないの」

いつも彼女に絶対的に追従する私が初めていった大人びた言葉でした。私は首をまげて、無邪気に笑う子供の笑顔を見つめていました。

「随分冷たいのね」

彼女が一人言のようにつぶやきました。私はつとたって、ベビーカーをとると、

「あいているんですもの。座ったほうがいいですわ」

そういって、何度も水をくぐったらしいTシャツから、細い鎖骨をみせた母親に声をかけました。

「かわいいのね、お幾つ」

私の言葉に頬のこけた母親は当惑したように、

「ふたつになったんですよ」

それでもうれしそうに答えました。私は向かいの座席に親子を座らせました。正面に来た子供は大きく笑いました。私は彼女達は私達とむきあって座るべきなのだ。決して身をひいて小さくなってはならないのだ、なぜかそう強く思ったのを覚えています。

その後間もなく彼女は退学してしまい、私はもうこのことは忘れようと自分に言いきかせ、学生生活を勉学に打ち込むことで充実させるようにいたしました。こういう出来事はこれが最後でしたので、私はまた日本人として生活する日常を送るうちに深く考えることを意識的に避けるようになっていきました。ただ万一、人を好きになるような事があれば、一番初めに国籍の事は話そうと決めておりました。が、はからずも神は初めから私の全てを知った人をお与えになったのでした。

三年生になる頃から、父はどこをどうして捜してくるのか縁談を持ち込んでは、私をホテルのロビーや料亭につれてゆき見合いをさせるようになりました。ご覧の通りの私の不器量さ故か、これといった話術や才能も持たない私は、ことごとく断られる始末で、それでも大学生活をそれなりに満喫しておりましたので、さしてショックもうけず、友人達と洋書を片手に資生堂パーラーへいくのが、何よりの楽しみというような毎日を送っていたのです。

そんなおり、父と母の古くからの知人で麹町のアドベンチスト教会の牧師をしていらした朴《パク》先生から、毎週日曜日の韓国語講座に、私もどうかとのお誘いがありました。先生は在日同胞の為に多くの活動をしていらっしゃる方で、父は昔からとても尊敬しておりましたので、私の外出には殊のほか煩かった父も在日の友人もできるだろうし、何より言葉を習う良い機会だからと二つ返事で行かせますとお答えしたようです。

それまで、日曜日といっても、父と買い物にでるか、友人と甘いものをたべに町へ行くかぐらいだった私にとって、父公認の男女同席の外出は、遅い好奇心をかきたてました。

講座の初日はあれやこれやと衣装を選び、ハングル文字のならんだ本を鞄にいれて、期待と興奮で家を出て教会に向かいました。男女合せて六名という少人数でしたが、それでも何を隠す必要もない年端の違わない同じ国の友人を得たことがうれしく、欠かさずに通い出して半年もした頃だったでしょうか。山形から上京しT大学の医学部に通っているSという日本人のクリスチャンの青年が、クラスに入ってきたのです。

なんでも朴先生の知人からの紹介ということでした。母一人、子一人で育ち、苦学して医師をめざしていたところ、先頃母親が亡くなり、身寄りのないSは教会の雑用を手伝うことで、朴先生に学費を助けてもらうことになったということでした。

質素な白いシャツに、たいていグレーかベージュの綿のズボンをはいたSは、長身な体を少し前屈みにして、いつも多くの本を化繊の色あせた風呂敷につつんでおりました。ものごしは静かでしたが、口を開けば快活で明るく、笑うと目尻に深い皺がはいり人なつっこい顔になりました。またもの覚えもよく、三カ月経つ頃には、クラスの誰よりも、読み書きはおろか、ひと通りの会話まで流暢にできるようになっていたのです。

Sは韓国の歴史にも詳しく、日本政府の無責任な態度を批判し、何も知らなかった私は、彼に母国の歴史を教えてもらうという有様でした。私は初めて、自分の出自を理解してくれる日本人に出会ったわけです。彼の前で自分を偽らなくともよい心地よさは、いつしか恋愛感情へと移行しておりました。

私とSがつきあいだしたのは、自然な成り行きだったと思います。父を裏切っていることへの罪悪感も、初めての恋愛の前には消えうせ、先への不安よりもその場の情熱に身をまかせているうちに、程なく妊娠していることを知りました。大学の卒業まじかのことでした。

ところでその頃、断りきれずに見合いをした青年に、皮肉にも私ははじめて気にいられ、父の強引な進め方に、Sを紹介することもできず悩み苦しむようになりました。

庭に植えられた梅の木の花が色づく頃、青年との結納の期日までが決められていき、あまり笑うことのない父の笑顔に胸をいためながら、私は父に直接に会って承諾を得たいというSをおしとどめるのが精一杯でした。あの父なら本当にSを殺しかねないと思ったからです。

眠れぬ夜が続きました。赤いぼたんの花の縫い取りのある羽毛布団に顔をおしつけながら幾日むせび泣いたことでしょうか。が、ある日、私はふと一つの計画を思いついたのです。


それは、料理に使う塩と砂糖から思いついたことでした。

結婚がきまっても、花嫁らしいことの一つもできないと思ったのでしょう、父はお手伝いの女性から韓国料理を習うようにと申しました。包丁一つ満足に握れなかった私は、一から料理の基礎を教わることとなりました。彼女はたしか当時六十歳を越していたでしょうか。幼いころから何度かお手伝いの人は変わっていましたが、父がキムチを多量に食べるためか、いつも韓国の女性ときまっていました。上野で焼肉屋を営んでいて、寡婦となって我が家にきた彼女はとても料理上手でした。いつも本格的なキムチを数十種類の香辛料をつかって漬け込むのです。その日は私に簡単な方法を教えてあげますといって、「貴子さんが白菜に一杯塩をしておいてくださったら、私がそのあと味つけをして、旦那様に召し上がって頂きましょう。大丈夫。全部貴子さんがしたといっておきますから、ほうれん草のナムルと一緒に今晩、即席づけにしてだしましょうね」

そういって後の買いだしに出かけてしまいました。彼女が出かけた後、私は台所の棚から、塩をとりだしました。料理上手な彼女は調味料入れにも凝っていて、茶色の瓶に砂糖と塩を多量に保管しておりました。

私は普段彼女が右側に置いていたのが塩と覚えておりましたので、瓶に杓子をつっこみ、水をきってざるにあげられた白菜の上にざくざくと白い粉をかけてゆきました。

父が好きで、毎食口にするキムチを私が口にしなくなったのはいつごろからだったでしょうか。味噌汁や焼き魚、煮物など和食が並ぶ食卓で、漬物はあたりの空気に色をつけたようにいつも、異臭を放っておりました。幼いころ、父にそれをせがむと、ぬり箸でつまんだ一片を、ガラスのコップにはいった水で洗って口に入れてくれました。水の中で赤い色を落とした漬物は、風呂あがりの赤子のふやけた指先のようでした。なま白い一片を口に含むと、ほんのりとした辛さが口の中の粘膜を刺激しました。以来、時折、それをもらっていたのですが、それを食べることは秘密めいた刺激を私に与えました。

ある日、赤い一片をそのまま口にしたらどうだろう、と父の食べ残しをつまんで驚きました。辛さもそうですが、口の中にいつまでものこる匂いが私に恐怖を与えたのです。白米をいれても、味噌汁を口にしてもそれは消えませんでした。以来、私は漬物を、たとえ漬ける前の白菜のままだったとしても決して口にすることはありませんでした。

両手に荷物を抱え、息をきらしてかえってきた手伝いの女性は、慌ただしく白菜に、胡麻油に韓国の練り味噌でコチジャンという赤い味噌、それに醤油と味りんを加え、手ばやく和えました。

「この間友達に習った即席漬けですよ。これなら、貴子さんにもできて旬の白菜を一杯頂けるでしょう」

と、得意気にいいました。私は教えられたとおり、ほうれんそうを茹でて、胡麻油としょうゆで和え、すり胡麻を加えて、ほうれん草のナムルを作り、ダイニングルームの食卓で待っていた父にだしたのです。

「旦那様、貴子さんが初めてつくった韓国料理ですよ」

そういって、彼女が食卓にならべた白菜とほうれんそうを見て、父はとてもうれしそうでした。が、ナムルの後、白菜を一口食べ、

「なんだ、この味は」

と、口を歪めたのです。心配になった彼女は小鉢を急いで下げて台所で口にし、

「貴子さん、砂糖と塩を間違って使いましたね」

そういって大笑いしたのです。

私もいそいで、一片を口にしたのですが、なんともいえない、不可思議な甘さの味に顔をしかめていいました。

「だって、この瓶に入っているのは塩でしょう」

瓶の中に指をいれて舐めたのですが、なるほど、それは砂糖に違いありませんでした。

「場所を変えたんですよ。でも味見してたら解りましたのにね。私もうかつでした。見ためが同じなんですから、わからない時は味を見てくださいよ。それにしても、砂糖と塩を間違えるようじゃ、お嫁さんにいっても心配ですね」

彼女は大きな金歯を見せて笑いました。瞬間、私は彼女の言葉にはっとなりました。

見ためが同じ。そうだ、塩も砂糖も見ためは同じなんだ。

Sと見合い相手も見ためは同じなのだ。それればかりか、見合い相手は日本語しか話せない人がほとんどなのに一体、彼らのどこに差異を認められるというのだ。

血の流れは味見することすらできないというのに……。

父が、「インスタントの漬物など二度とつくるな。本ものを貴子に教えてやれ」と、お手伝いに怒る声を耳にしながら、私は一つの計画を思いついたのです。始めは、そんな子供だましが、とも思ったのですが、考えていくにつれ、見合い相手とSとの差異がないことに私は気づきました。

見える、ということは時に不便なことです、私達の五官は視覚に常に優位に支配されているので、ものごとの真実が時に見えないことがあるものです。皆様、どうぞこのお堂の雪見障子のすりガラスからお庭をごらんくださいな。赤羽の伯父様、少しお首をむこうへまげて、そう怪訝な顔をなさらずに。そう、少しの間、そのすりガラス越しにあの紫陽花をごらんください。ええ、その薄青のブルートパーズ色の大群です。

いかがです。ねっとりと微風に波打つあの見事なお花。じっと見つめておりますと、ふとガラスの存在も忘れて、素手をのばして触れてみたいとお思いになりませんか。鳥のさえずる音や、昨日の雨をたっぷりと吸い込んだ土の匂い、肌に感じる六月の湿った風、それらは、目に写るあの大輪の花の前には全て色あせて、私達を欺くのです。

Sも見合い相手の青年も外見はおろか、思考も言葉も日本人と同じ、肌の色でも違えばよかったのでしょうが、それも同じとあれば、何を根拠に血を問うていけばよいのでしょう。

あたりまえの事ですが、見合いの度に履歴書とともに戸籍謄本を見るわけではありません。韓国人の仲人一人を信頼しての見合い、年頃の子供を持つ、おじ様、おば様たちには、ご自分達がいかになれ合いのうちに血の確認を怠っていらっしゃるか、お考えになったことはございますか？

……。失礼いたしました。私に皆様を非難する資格などないのです。香の煙に清められた筈の私の頭はまだまだ濁っているようです。

話の筋にもどるといたしましょう。

戸籍までSに変えてもらうつもりはありませんでしたので、とにかくまずは、Sと父を会わせるだけでもと思い、私は確信犯になる決意をしたのです。

その日以来、私は一日中、計画について練るようになりました。一か八かの賭けでしたが、他に方法もないように思えました。ただ、クリスチャンのSが非常手段とはいえ、この計画に同意するだろうか、その事が気がかりではありましたが、計画の実行日はまもなくやってきたのです。

二月下旬のある日、見合い相手の青年がわが家を訪れました。小太りで色白の善良そうな青年は、まさか私が妊娠しているともしらず、結婚の日取りを決める為の相談にきたのです。客間で昼食をとったのですが、その席で青年は父に韓国に行ったことがあるかと聞かれて、辛い食べ物がたべられないので行ったことがない、といって父を苦笑いさせていたのを思いだします。

見合い後、何度か青年と逢っていましたが、青年は韓国語に興味があるわけでもなく、通名のみを用いて生活していて、結婚だけは見合いで同胞とするという在日の一人でした。式の打ちあわせがすんだ後、私は父にいわれて、庭を案内することになりました。新婚旅行のことや、子供の数など、ぼそぼそと語る青年の側で私はこの青年との間に子供を産んだとして、Sとの間にできたお腹の子と、どういう違いがあるのだろう。と相変らずそんなことばかりを考えていたのです。手水ばちに水を飲みにきた鳥を見たいという青年を案内しようとしたところ、一瞬、庭石にはった氷の上で、足をすべらせました。とっさに、青年がさっと手を握って上体をたてなおしてくれたのですが、寒い庭先で、汗ばんだ青年の手に触れたとたん、生理的な嫌悪感が私を襲いました。私は計画をすぐさま実行しなければと決心したのでした。

その日の夜。父と深酒をした青年を見送って、ベッドに入った後、私はパジャマの上にコートを羽織っただけの姿で深夜家を抜け出しました。教会の離れにSは間借りしていたのですが、私の計画をSに話し協力してもらわねば、と切羽つまった思いでの行動でした。路地裏に待たせておいたハイヤーにのりこみ、私はSを今日こそは説得するのだと決意しておりました。というのも、結納の日が刻々と近づいているのに、Sといえば、一日中、祭壇にむかって祈ってばかりいるという有様だったからです。私の計画は朴先生の協力さえあれば、間違いなく成功する。私はそう固く信じていたのです。

夜更けに私の訪問をうけ、Sは驚愕していましたが、それよりも私の計画はもっと彼を驚かせました。

四畳半の部屋には、布団と粗末な机があるだけで、机の上には数冊の医学書と共に聖書がおかれてありました。Sは興奮して話す私の顔をじっと見つめた後、よく使い込まれ茶色い皮の表紙の色が褪せた聖書をとりだし、キリストの絵のしおりを挟んだ、ある箇所をゆっくりと読みはじめました。

あなたがたを襲った試練で、人間として耐えられないようなものはなかった筈です。神は真実な方です、あなたがたを耐えられないような試練に遭わされることはなさらず、試練とともに、それに耐えられるよう、逃れる道をも備えていてくださいます。

「コリント人への手紙だ。貴子ちゃん、二人で一生懸命話そう、必ず、お父さんは、解ってくださる筈だよ」

Sの瞳はいつになく悲しげでした。私が親を騙すということが耐えられなかったのでしょう。私は、Sの落ち着いて悟ったような瞳を一瞥した後、その聖書をひったくるようにとりました。

私達は、何事も真理に逆らってはできませんが、真理のためならばできます。

「コリント人への手紙、第十三章、八節。ね、じゃあこれはどうなるの。私は真実を父に問いたいのよ。父の体には韓国人の血が流れている。私の体にも、でも、それは単なる事実であって、真実は違うんじゃないのかしら。この日本という土壌で養った血の成分はもはや、単に一つの国家のものではない筈よ。何かを否定していては真実は生まれない。私は父に解ってほしいの。自分が信じてきたものが、いかに曖昧で混沌としたものか。そしてもうばかげた憎しみなど解いてほしいのよ。日本人を憎むということは、父にとっては自分をも憎むということに繋がるのだと、知ってほしいの」

宗教の時間、シスターに習った箇所が脳裏に焼きついていた私は、猫が獲物に食らいつくように、Sにくってかかりました。

私はまるで、軍旗をひるがえす闘士のようなヒロイックな気分になって興奮していました。

「二人の国際結婚がいつか、国全体をゆるがして、境界線をなくしていくんだわ」

花柄のパジャマにコートを羽織った女闘士は自分の言葉に酔いしれていたのです。

何時間程押し問答が続いたでしょうか。結局、結婚後本当の事を話すならと、Sが折れ、明けがた教会の一階に住まれている朴先生に二人でお願いに行きました。

先生は私とSの来訪に何かを察知されたように、すぐに行くから礼拝堂で待つようにとおっしゃいました。カーテンの降ろされたままの火の気のない部屋で、Sと結婚したいこと、実は妊娠していること、父を説得することは無理だからSを在日の青年として仕立ててほしいこと。それらを私はまるで何かの契約書の書類を読み上げるような、自分でも恐ろしい程の冷静さで話し終えました。

朴先生は、寒い礼拝堂のなかで、汗ばんでいらっしゃいました。詰襟のカラーの高い、牧師服の先を、いつも聖書のページをおだやかにめくっている、人差し指でなんどもいじりながら、私の話を聞き終えられた先生は、ゆっくりと礼拝堂の真ん中に佇むマリア像の方をふりむき、聖母子像をじっとご覧になりました。そして大きく吐息をはかれた後、長い沈黙を落とされ、言葉を吐かれたのです。

「何より生命を育てることが一番だから、主よ、お許しください」

と、十字をきられ、父の知人でありながら、一度は父を裏切るという苦しい立場になることを引き受けてくださったのです。先生もまた、父の性格なら何をしでかすかわからないと、よくご存じだったのだと思います。

それからは、信じられない早さで事が進みました。まず、先生が知り合いの青年のプロフィールをもとにして、一人の在日三世のそれを作り出し、先生の指示のもとに、Sは両親の故郷や親族関係など架空の人物のものを頭に入れ、後は習慣や礼儀作法といった事、目上の前でタバコを吸わないということや、酒をつぐときは、つぎ手の肘に片手を添えるといった簡単な内容を習ったにすぎないのです。

これは思ったよりも簡単だったようで、ある時私はSに、

「君達はどういう点で、日本人と違うという意識をもっているの」ときかれ、返答に窮したことがあります。

結納の日が近づいていました。十二畳の和室にあふれ返るほどの嫁入り支度にくわえ、

父は自家用車に、お手伝いまでつけるといいだす始末で、私はもし、計画が失敗したらと、煩悶しておりました。

いよいよ結納という前前日のことです。朴先生は今だとよまれ、実はまたとない、いい青年がいるんだが、とわが家を訪れ、父にきりだされたのです。

苦学して医師をめざし、また家族がいないということが、父の気持を大きく動かしたようです。と、いいますのも、見合い相手は姑に小姑のいる大家族で、青年実業家とはいえ、父もできることなら、もっと気楽な良縁をと思っていたらしいのです。

慌てて、朴先生の麹町のお家で父と私はSに引き合わせられる事となり、私とSは初対面を装い、三カ月の身重の私は、つわりを悟られないよう口もとをハンカチで拭いながら、老いたリヤならぬ我が父を欺いたのです。喉元にこみあげる酸い生唾は、今思えば、私の良心のしぼりだす汗だったのでしょうか。

後は、皆様のご記憶に新しい事と存じます。Sと私、いえ、今は亡き主人佐川と私は、朴先生の仲人で麹町のあの教会で式をあげました。赤いバージンロードをタキシード姿の緊張した父と腕を組みながら、私は良心の呵責にさいなまれてはおりませんでした。十字架にかかった主、イエス・キリストに問うていたのです。

神様、この私のどこに民族の血が流れているのです。教えてください。父は、一体何人《なにびと》なのです。日本で生まれ育った自分がありながら、この国を否定しつづける父に本当の幸せはくるのですか。

身重の体を隠すために、六月の花嫁は絹でつくったチマ・チョゴリのウェディングドレスをまとい、白いチュールレースで自分の顔を覆いました。初めてつけた民族衣装。今でも父のあのうれしそうな表情を思いだすことができます。真っ赤なバージンロードを白いチョゴリの裾をひるがえして歩きながら、私は胸が一杯でした。

パイプオルガンが静かにやみ、朴先生の指示で佐川がレースをあげ、私をみつめた時、私は日本人でも韓国人でもない、ただ佐川という人間と結婚するのだ、という甘やかな感傷にひたっておりました。祭壇前に飾られた、百合の花の香気にむせびながら、私は何度も自分の行いは罪ではないと自身に、言いきかせていたのです。

そして、一年後の六月、父は急逝したのです。心不全でした。誰があんなにあっけなく父が亡くなると思ったでしょうか。

結婚式さえすめば、折をみて事実を話すつもりでおりました。孫の顔をみれば、父も解ってくれるだろうと、安易な考えもありました。それが、ついに父に真実を語られぬまとなってしまったのは、結婚直後、六カ月で流産した後の私の体調が悪かったこともあります。皆様にすれば、当然の報いだとお思いでしょうが、幸か不幸か、その事で父は永遠に事実をつげられる機会を失ったのです。

赤羽の伯父様、そのお膝の上の震える握り拳、どうぞ、お気がすむなら、私のどこにでもお投げください。ですが、もう少しの御辛抱。最後まで聞いていただけるなら、父の本心を私と考えてはくださいませんか。実の兄弟の一人として、一人の人間の本当の心を。

それは、父が亡くなる間際のことでした。虫が知らせたのか、ある春の宵、私と夫は世田谷の家に呼ばれたことがあります。なじみの韓国料理の店から調理人を家によんだ父は、好物のキュウリのキムチやナムルをつつきながら、主人と和やかに雑談しておりました。無口とはいえ、自我の強い、自分をまげない父にとって、誰にでも心を開きすぐにうちとける夫は相性がよかったようで、夫の趣味の園芸に花をさかせる仲のよい二人を交互にみつめながら、私は永遠に父が事実をしらなければよいのにと、願わずにはいられませんでした。

結婚後、子供ができるまでは韓国人として通してほしい、と主人には頼んでいたのですが、主人は、

「ふりをするもなにもいつもどおりで、まったく疑われないじゃないか」

と、笑っていたのを思いだします。民族教育をうけたわけでもないのに、あまり韓国語がうまいのもよくないだろう、との朴先生の指示で、佐川はアボジや、アニョハセヨといった言葉を使ったに過ぎないのですが、それでも、父は大変喜びまして、佐川は良心が痛むからと、あまり使わなくなった程です。

食事がすんだ後、父は自慢の庭をさしながら、もう少し酒を飲もうと主人を誘い、春の宵、しんめりとしたなま暖かい風に頬をまかせて、私達は庭に藤椅子をもちだしました。

月下美人の花のことでひとしきり話が咲きました。年に一回しか花を咲かせないという、その可憐な花をみるのは夫の楽しみだったのですが、なんでも一級品の好きな父は、それは花の中の一級品だ、と申しまして夫に次回花の咲くときに、ぜひわが家に来てほしいといっておりました。

そろそろ帰り支度となったのですが、そこで、父が少し待つようにいいまして手提げ金庫をもってまいったのです。それは、父ご自慢の宝石ばかりをしまってある手提げ金庫で、私以外の人間に見せるのは、恐らく主人が初めてだったと思います。

「大切な息子の君に、俺の一番大事なネクタイピンをやろう」といって父はタイピンを取り出しました。それは父が殊の外気にいっていたタイピンでした。主人は息子と呼ばれたのが余程嬉しかったのか、韓国語で礼などいい、父は上機嫌でした。私は父がそれをいかに大切にしていたかしっておりましたので、胸がつまってものも言えませんでした。

思えば、三人であった最後となったその日、父は何を考えていたのでしょう。

何かの間違いだったのか、それとも父の冗談だったのでしょうか。

今となってはしる由もありません。が、私にはこのネクタイピンが何か父の思いをかたっているような気がしてならないのです。

もしかすると、主人が日本人であることに気づいていて、

「お前は贋の韓国人だろう、でも俺はお前を息子として認めたよ」

とでも父はいいたかったのではないでしょうか。

そして、或いは又、そんな父もまた、自分は本物の韓国人になりきれないと知っていて、贋のダイヤこそ自分に相応しいと思っていたのではありませんか。

幸か不幸か主人との間に子を成さないまま、夫は逝ってしまいましたが、子供ができるまではと、実は私どもは戸籍には入らない夫婦でした。

子供ができれば、子供の為にも私が帰化するというのが、私共夫婦の、私からいいだした約束でしたが、それが果たされないまま、主人との別離があったことに、私が内心ホッとしたのも事実です。

子ができない他、なんの問題もない夫婦仲のよかった私達ですが、お酒が入った時など、夫は父を欺いたまま見送ったことをよく悔いては、

「貴子は本名の高を名のったほうがいいよ。真実というものは、事実を肯定したところからしか生まれてこないものだと思うよ。それがせめてもの、お義父さんへの手向けになると思うんだ」

そう申しまして、本名を使うことなく逝った父の代わりに、私が実の国籍を偽らずに生きていく事を勧めましたが、私は看板をかえたところで、血を意識的に培うことをしなけ

れば同じではないかと曖昧に頷いておりました。

そんな夫も、他界する間際、病床で、

「神はなんでも意味のないことはなさらないいんだよ。貴子がこの国で生まれたことも大きな意味をもっていたんだ」

そう申しまして、私にできれば、自分の死後、洗礼をうけてほしいと申しました。ですが、善か悪かの二元論を説くキリスト教に、自分のような曖昧な立場の人間が何かを見出せるかしら、と夫の遺志を継ぐことが、結局私にはできませんでした。

父が亡くなるまでの一年間、新婚生活に有頂天だった私は、手品師がマジックで観客を魅了しておきながら、心中トリックについて話したがっているような気持ちをもっていなかったといったら、嘘になります。

パパが拘った血の流れ、韓民族の血は、日本で生まれ育った韓国人の中では、こんなにも曖昧なものなのよ。韓国語での思考、会話をせずに、日本で生きるということはかくも危険なことなのよ。

そういって、得意気に種あかしをしてみたい衝動に何度もかられたものです。

三十も半ばを過ぎた私は、それを父のエゴだと一言に片付けるつもりはございません。

ですが、親族の皆様、時代は確実に流れつつあるのです。そして、私どもの意識も、日々見えない形で、死がある日突然訪れるものではなく、肉体は日々見えない形で死に犯されているように、この日本という土壌に浸蝕されつつあるのです。

それは歴然とした事実なのでございます。

え、何です？　赤羽の伯父様、ええ、おっしゃってください。なんなりと。

……。ええ。そうです、先程、帰化することなく主人を見送ったことで、私が内心ホッとしたと申しました。それで、私にも矛盾するようで、血の流れがあるんじゃないかとおっしゃられるのですね。なるほど、では、血とは何なのでしょう。

一体、血とは……。

私が帰化することなく主人を見送れたことでホッとしたのは、民族の血ゆえというよりは、むしろ、根無し草として不安定な存在で、三十数年間を生きてきた、その事への執着であるように思うのですが……。

失礼いたしました。つい、たいそうなことを申してしまいました。

恐れいりますが、一番奥にお坐りの叔母様、紺のスーツをお召しの、ええすこし障子をあけて、外の空気をいれては下さいませんか。

……。ありがとうございます。少し落ち着いたようです。

梅雨時の法要に長話と、親族の皆様には鬱陶しい一日をおつきあい頂いてしまいました。心ばかりですが、別室にささやかな膳を用意させて頂きました。ごゆっくりとお召しあがり下さいませ……。贋のダイヤは、今、このように、私の指におさまっています。友人はあきれ顔で笑っておりましたが、これもまた、最愛の父を欺いたまま見送った私には、相応しいものかと思っております。

偽物には偽物なりの良さがありますが、まがいものをあれ程嫌っていた父が、贋のダイヤを、これこそ一番自分に相応しいといい、贋の韓国人の婿に譲った。唯それだけのことではありますが、父の死後、十三年を経て、偽物とわかったダイヤは、今、私にむかって何かを語っているように思えてならないのです。

父の世代の恨も、私が父を騙したことも、もう弔われていい頃だといっているように……。

僕は日本に生まれ育ち日本での一貫教育を受けてきました。また、幼い頃から通名を用い、生活も日本人と何ら変わらぬ生活環境で育ちました。大学を卒業後、渡米し、米国に短期間滞在した中で、改めて僕は、日本人以外の誰にもなれないのだ、と痛感しました。以上の動機により、この度帰化申請をいたすものです。

平成十六年一月十七日

申請者　高本　正一

ロスの御輿太鼓

藍染めのいなせな浴衣姿の黒人が、朴歯《ほおば》の下駄をつっかけ、紙傘を売る露天商をひやかしていた。その向かいで、日本人形を物色しているのは、赤子を抱いたラティーノの女だ。袖なしのワンピースからのぞいた肌が、カリフォルニアの太陽に直射されて褐色に輝いていた。

「ちょいとそこの坊や」

ふいに、腕を捕まれた。

「あんたのことさ。さ、三ドルで未来を占ってやるよ」

ギリシャ移民らしい大柄な女は、いぶし銀のイヤリングを揺らしてダミ声をあげた。

「あいにくだけど、待ち合わせなんだ」

「彼女?」

「いや、知人だよ」

女はカカと、大空を見あげて笑った。

「これだから、日本人はいやになる。ロスでは、ドーナッツ一つで、人殺しが起きるんだよ。待ち合せに遅れることなんて気にしてたら、生きていけやぁしない。昨夜もランパートであたいのダチが殺された。人生で、大切な樹さえ見失わなければ、あとの葉っぱはたいして重要じゃないのさ」

時計に目をやった。約束の十分前だった。女に促され仮設テントに入った。

パイプイスに腰をかけ、額の汗を拭う。八月の中旬。ロスの日ざしは厳しい。遠くに林立するビル群の頭上に、スモッグがでていた。帳を下ろされた町は、魔術師に悪態をつかれた被験者みたいだ。

「お前さんが、今日の一番目の客だ」

女はロスの空色にアイシャドウを塗った片目をつぶった。時差ボケはおさまってきたものの、いつもの発作が起きそうな予感があった。チノパンにつっこんで、錠剤に手を伸ばした。大丈夫、今日の分はこれでもつ。汗ばんだ手に、デパスを握りしめ、瞼を閉じた。意識すまいと思えば思うほど、あの鈍色の感覚がやってくる。熱気球を心臓に押し当てられたようだ。ドクンと波打った五臓六腑。呼吸の圧迫が始まると、今度は、一人、深海に沈められるような虚脱感が全身を襲う。水の底では何万匹という幼虫、地熱を吸った無数の虫達が、僕の皮膚の内から、外から、内臓を食い潰そうとやってくる。

「ふー」

息が乱れ、手が汗ばむ。雑踏を見つめた。

女は水晶を前に、何度も指を動かしている。銀で飾りたてた節の高い指が、ひからびた蛇みたいに蠢《うごめ》いている。

「ああ、やっと見えてきた。おや、お父っさんが死んだ」

僕は驚いて女を見た。

「三年前。おう、なんてこった。気の毒な死に方だったね」

この女にあの日の光景が本当に見えるんだろうか。

「坊や、いくつ？」

「今月、二十四歳になった」

「それにしちゃ、大変なもん見ちまったね。仕事は？　職人かい」

「いや、俳優の卵さ」

なるほどね、女は軽く頷き僕の左手をとった。

「未来を見てくれるの」

「そうさね、まだ若いんだ。ヤクやって、大切な時間を無駄にしちゃいけない」

笑いながら、僕の握り拳の中の薬を見た。

「オウ！　あんたの未来がでてるよ」

女が大きく口を開きかけた。その時だった。襟首をすごい力で捕まれた。

「困った坊やだ。随分捜したんだ」

はっきりとした日本語に捕まえられた。

ふりむくと、モリが松葉杖を手に立っていた。

「だめだよ、ちゃんと待ち合わせの場所にいなきゃ！」

ブルーと白のストライプのシャツ。左手脇には赤いバンダナをまいた杖。

「すいません」

「すいませんじゃねえよ。全く坊やの居場所を捜して、昨夜は日本語人会のメンバーは一睡もしてねえんだよ。さ、急ごう。今日は収容所見学にいくんだ」

僕は慌てて椅子から立ち上がった。雑踏をモリについて歩く。モリはツータ、ツータ、と音をたて、松葉杖を使って人混みを歩いていく。ギリシャ女の支払いがすんでいなかったことに気づいて振り返った時には、濃い霧が出始めていた。巨大な摩天楼に、亜麻色の紗《しゃ》がかかっていく。

灰色の微粒子は大きく群れをなすと執拗だった。巨大なバキュームで吸い取れば、すぐそこに手を触れられる世界が存在しているのに、僕と町は薄いベールで遮断されている。

「全く気ままな坊やだ」

「……」

「あんなことに金と時間を使うくれぇなら、ツールーレーキの収容所に見学に行けっていったろう。先人の軌跡を辿ることは、時に大切なことなんだ」

モリはブツブツいいながら、ミヤコ・インの前に路上駐車していたホンダのドアを開けた。促されて車中に乗り込む。シートが熱く爛《ただ》れていて、甘白い発作の苦しみが溶けていきそうだった。「さ、出発だ」モリの声が鼓膜の奥で響いた。

加速とともに、日本人街が窓の外を疾走していく。


学生時代の芝居仲間だったケイトを訪ねて、渡米して二週間が経った。

ケイトの母親や、その知人のモリには、僕が在日コリアン三世だと何度も告げてある。それでも、彼らは僕に、日系人移民の軌跡を辿れというのだ。昨夜はそれがいやで、観光ルートから逃げだしたのだ。

戦時下の日系収容所見学ツアーだった。同行を拒否したのには深い理由はない。日本名で、民族意識も希薄に育った。父の死後は、帰化申請の手続きも終えた。

もし僕が、先人の軌跡をたどるのなら、本当は、韓国の小さな島、トルハルバンという石像のある村が、ぼくのルーツになる。そのあたりの拘りは、うまく表現できない。

「全く気ままだ！」

モリがルート50に車線変更した。前のダットサンが派手なクラクションを鳴らし、キャデラックのオープンカーが僕らの前を気勢をあげて、追い越していった。お化け傘みたいなパームツリーが頭で揺れていた。子供の反抗期に気の触れた中年女の髪みたいだ。

そんな事を考えて、意識をそらそうとしても息が苦しい。横隔膜をあげ、息を大きく吸い込む。

「朝鮮半島も、日本もでっけぇ地震がきたらまたくっつくのさ。自分の国のルーツじゃねえから、なんて子供じみたこと考えねえで、移民としての歴史を辿ってみたらどうかね。坊やも、移民した一族の末裔なんだろうが」

モリは先天性の病気で四肢がマヒして動かない。渡米してきたのは十二年前。今年還暦と聞いたが、渡米歴が十年未満の移民をロスでは、新移民と呼ぶ。

「モリさんにとってアメリカはそんなに住みやすいですか？」

話題をかえてみた。

「なんてったって、ここは最高さ、傘もつ必要がねえからさ。クラッチもってても、不自由じゃねえんだな」

ＦＭから流れてくる、ゴンチチに合わせて、鼻唄を歌いながらモリは上機嫌だ。彼は、成功した移民の話をするのが好きなのだ。

少し猫背ぎみだが、髪にポマードをつけた姿は妙に艶っぽい。

「あれは、渡米してまもなくの事だった。いつかドジャースの試合が見てみてぇな、そう黒人のトランペッターのダチにいったのさ。そしたら、何いっているんだ、今すぐ行こうって。満席、総立ちの試合でさ。あちきが一番後ろで引っ込んでたら、ダチが、へい、俺の親友にも見せてやってくれよって、それでどうなったと思う？」

モリが僕をふりかえって、にやっと笑った。

僕は大きくカブリをふった。

モリが、ハンドルをはなして、両肩をあげた。

「クラッチをいきなりとりあげられてさ。ふわっと体をもちあげられて、観客があちきをおくってくれた！　まるで、大海原をころがされるくす玉になった気分だったね。前に、前に。気がついたら最前列さ。黒や黄色い腕が、緑の草原みたいに、あちきをころがしてくれた。銀まさのサビの効いた寿司食ったみたいに、鼻の奥がツーンとしたね」

アメリカでは、足の不自由なことは障害にはならないのだ、とモリはいう。

筋肉の盛り上がった腕をさして笑っている。派手にクラクションを鳴らして、車線変更してきたダットサンを追い越していく。

「要は、ここさ」

冷汗がでた。

モリの両親は、浅草で森田座という人形芝居の一座だった。長男に生まれた彼は、後を継ぐ筈だったが、先天性の病気で足が不自由になり断念したのだ、と教えてくれたのは、突然の来訪を歓迎してくれたケイトの母親、日本語学校の教師でもある芦田先生だ。

私達は新移民なのよ、といっていたが、彼らの結束はかたい。親戚の自慢話のように、自分達の身上話を平気で披露してくれる。数日間で、僕はどれほどの日系人の、成功と失敗談を聞いたことだろう。

結局モリは、日本を出て家出同然に、ロスに渡った。マッキントッシュの会社に勤め、三年で独立し、今では二軒の会社を持っていた。

「それが、モリさんの渡米してきた最大の理由なんですか?」

「全くうるせえ坊やだ。こちとら青年の主張の審査員やってるわけじゃねえんだよ。なんでそんなに生真面目に人生とはって、苦悩するのが好きなんだろ、若き芸術家は!」

モリの声が意識の底で白濁していく。今日のパニックの発作はひどく、いつもの薬が効かない。

「すいません、どっかでとめてもらえませんか」

アコーディオンの右手と左手。右手で旋律を求めながら、左手はさらに激しく空気を吹きこもうと矛盾した力を作り出す。意識と無意識。激しく心臓を圧迫する力に、意識をそらそうと理性を使えば使うほど、この二つはメビウスの輪みたいに交差する。僕の軸をずらし、倒錯し始める。

車窓の、パームツリーが視界の端を流れていく。加速が怖い。

呼吸をしたいという気持ちと、もう充分生きたという気持ち。

自身がラムネの瓶になったような感覚。くびれた喉元に突然、何者かによってガラスの玉が落とされる。喉元にきっちりとおさまったガラス。幾重にも金魚鉢を重ねたような、濃緑のガラスの内側。白い炭酸を吐きながら、瓶の喉元はこんな圧迫感に耐えていたんだろうか。

　何ものかに体内の無意識の領域を覚醒されるような。深海で泳いでいる時に、何か巨大な物体が四方を囲んできたみたいだ。踵に力を込める。横隔膜をあげ、大きく息を吸い込む。感覚を体全体で受け止める。それに、委ねることだ。そこに意識を預ける。逃げない。こらえない。生唾がわく。心臓がゴロリと音をたてる。深紅の汗が滴り落ちる。もう少し。僕は自身の深い意識に集中する。手足が痺れ、自身の呼吸が弱くなっていく。苦しい。息ができない。窓を開けて！

　すごい力で、誰かに心臓をわし掴みにされる。手足が痺れ、体が海老ぞりになる。心臓の一カ所を、巨大なバキュームで吸引されるみたいだ。


　気がついた時は、頭上にモリの顔があった。腕には点滴。セルシンの甘い匂いが室に立ちこめていた。無表情な黒人女が点滴の残りを確かめ、巨大な尻をふりながら出ていった。頭の中はまるでロスの高速道路だ。幾つもの道が錯綜して、交差しあっているのに、平面には接点がない。脳内に無数の回路があって、その一つに到達するために、すべての神経が抹殺されていく。迷路のむこうは、錯綜した道が閉ざされているというのに。

「フー」息を吐いた。

止まっているエスカレーターを、全速力で駆け上っていくような、奇妙な浮遊感があった。

「日系人の老人ホームさ。よかったよ。ここで。すいませんね、所長」

モリの声に首をまげあたりを見回した。半地下にある処置室らしい。左手の窓から、枇杷の木の半身が見えた。

「どうです？　少し落ち着きましたか」

日焼けした丸顔の男が、僕の顔をのぞきこんだ。

「パニック障害だね、現代病だ。はやりものが好きなんだね」男は笑った。

「すみません。迷惑おかけしました」

「オウ、ノウ、メイワクじゃない。そんなに気をつかわず、休みなさい」

所長は人のよい笑顔を浮かべ、手をふった。

「いつから？」

「……」

「いや、苦しければ話さなくていいさ。この病気は外傷がないのでわかりにくいよ。仮病だっていわれただろう？」

　僕は黙ってうなずいた。

「少しゆっくりした方がいい、それに生き急ぐこともないさ。ロスでも君みたいな症状の人間は随分いる。ＰＡＮＩＣ・ＡＴＴＡＣＫ！」

　最後の英語は完全に白人の発音だった。

　きっかけになったことは思い当たるが、いいたくなかった。点滴の残りに目をやって瞼を閉じた。

　所長は、モリと長年の知人らしく、二人は中庭を眺めながら、経営状況や、ホームの人数持ちを話していた。

　さっきまでの苦しみが何事もなかったかのように遠のいていく。

　微風に日本庭園の楓がなびいている。枯山水の庭で、白い滝が、申しわけなさそうに少量の水を吐き出していた。

　薬が入れば、呼吸の苦しさは嘘のように遠のいていく。自分でもよくわからない症状に三年もとまどっている。

　父の死がきっかけにはなっていたが、長引く理由はわからない。日本で心療内科を受診していると、やたらに薬の量が増えていった。

芝居前の心地よい緊張感が、発作の恐怖に変わった。

渋谷の稽古場で、チェホフの『三人姉妹』のトリーゴーリン役がついた後だった。入団六年目だった。初めてのセリフのある役。結局、役は後輩にゆずって、長期治療という名目で、退団となった。


「いい、庭だ」モリが目を細めている。

このホームに入れる人達は本当に幸せだ、異国にいて、母国のミニチュア版で最後を生きれるんだからと、モリが話している。モリはボランティアでホームに歌を教えにきているらしい。所長は、昨夜の痴呆老人の徘徊を嘆いた後、

「モリさん、この間も、オムツかえようとしたら、旧一世のバアさんが、お前はコレかってきくから、いや、コレさって答えたんだ」

指を四本だしたり、五本だしたりしている。

「いや、それは……先輩方もひどいことをなさる」

モリは苦笑しながら、杖でコツンと窓をつついた。

「日本を離れたから偏見とかなくなるかっていうと、そうじゃないんだ。それらは冷凍保存されてついてくるんだ。天皇陛下様と同じように、彼らの記憶の中にね」

男が片目をつぶって、僕にウインクした。点滴の中の薬の残りを確認した。礼をいって室を出ることにした。少し足もとがふらついた。

モリと、回廊のような館内を歩く。クリーム色の壁に、静かで清潔な死の匂いがした。消毒液に、汚物、それに食べ物が入り混じった匂いだ。

――移り住む国の民とし、老いたまふ、君が歌ふ、さくら、さくら子――

モリが、廊下に掛けられた短歌を読んでいる。増設されて、迷路のように長く曲がりくねった廊下を歩く。広々としたホームにポークビーンズの匂いが立ちこめてくる。

「みそ汁と焼き魚なんて匂いないですね」

僕の言葉をモリは無視してズンズン歩く。メキシカンの療法士が日本語で赤とんぼを歌っていた。

館内はつぎたして改装を重ねたせいか、迷路のようだった。

僕とモリは何度か廊下を上がり、何度か階段をあがり、また下りた。

エントランスに入った。そこに入った途端、僕は、真昼の沈黙に打たれた。ひっそりとした空間に、六名程の老人がすわっている。老婆は髪を束ね、矢絣の着物。ステッキを片手にした老爺はブレザー姿。ソファに端座した老人達は、釈迦の涅槃絵を見つめるように、小さな旧式のテレビを眺めていた。大岡越前が四角い箱の中で、笑いながら刀を抜いていた。

「おやおや、先輩おひさしぶりでやんす」

モリが、一人の老人に最敬礼をした。

「どうなさったんすか。この間まで、リトル・トーキョウにいらしたんじゃないっすか」

モリがいったのは日本人街にある高齢者用のアパートの名前だった。

「いや、ワイフが逝っちまってね。一人でクックするのが、情けなくてさ。ついに、こちらにお世話になりにきたってわけさ」

背筋の伸びた白髪の老人は、口を開いたが、目は大岡越前に向けたままだ。

「それは……、大変なことでした」

深く頭をさげたモリは、僕をそっと促し、老人達から離れた。

リノリウム張りの廊下にツータ、ツータが、ドーダ、ドーダと響く。

「彼は、ノウ・ノウ・ボウイだったのさ」

「なんですか？　それ」

「アメリカンコフィーにもならねえけど、緑茶にもならねえっていった人達さ。興味があるなら、明日はマンザナツアーにでもいくんだな」

　さらに質問しようとするのをモリが遮った。

「さあ、いこう。もう十分だろう。ツールレークを見なくても、期せずして、先達のご苦労の断片が見えたってわけだ。これもまた、神の御はからいか……」

　モリの目の下に濃い影がでていた。

　僕もまた、それ以上口がきける程、元気ではなかった。

「もう。こないなことになってんから、あきらめんかいな！」

　芦田先生が怒声とも、悲鳴ともつかない声で怒鳴り、フライパンを投げた。ドイツ製の対面型キッチンの天板に、ホットケーキの粉が飛び散った。

「わかった？　ホワイ・ユー・ドント・スイ・ファクト・ケイト」

　ケイトは黙って、長い黒髪をブラッシングしている。

　二十畳程のリビングの絨毯は毛足は長く、先生の素足が草原で路頭に迷ったハイジみたいに見える。白い大理石のマントルピース。金で面取りされたオーク調の壁。猫脚のヨーロッパ家具にマホガニーのダイニングセット。まるで新劇の芝居のセットさながらだ。

緊迫した沈黙のなか、マントルピースの上の時計のハトがポーと鳴いて、間の抜けた声をあげた。思わず僕は笑った。

「何がおもろいの、あんた、人ごとやとおもて！」

「いや、何もおもしろくないです」

僕は黙って、卓上の大根の味噌汁を飲み干した。小さい頃、食卓にはキムチの隣に、さわらの味噌焼きが並んでいた。

新移民一世の芦田先生とその娘に、僕は自分の写し絵を見る。

この匂いをアメリカで生まれ育ったケイトが嫌ったとしても無理はない。

「なあ、わかった、ケイト、その男はあかん。なんぼ、インテリやいうても、結局のところマザコンや。親がアジアンはあかんいうたら、それでしまいやの。お母ちゃんは最初からわかってたから、あんたにやめときいうたやろ」

「ブー、シェット！　シャラップ、マミイ！」

ケイトが、いきなりブラシを投げた。ソファ横の大理石の飾り棚の上にあった鏡が音をたてて、砕け散った。

親子の肖像のガラスが粉々になって散っている。

歯科医だった夫と三人の家族写真。マントルピースから写真が転げ落ちた。連鎖反応のように、中庭で水浴びしていた蜂鳥が、キーと声をあげて飛び去った。

「あーゆ」

芦田先生が、右手に玉杓子をもち声を震わせている。

怒りのあまり英語が出てこないのだろう。藍染めのワンピースに包んだ小太りの体が、今にも爆発しそうに小刻みに動いている。

芝居にするなら、リアルでこの動きは、習得すべき類のものだ。

「アーユー?」

ケイトがわざと巻き舌の英語で、母親に挑んでいる。長い手を胸の前で組んで、一世の母親の英語のまずさを、嘲笑するような口調に、今度は僕がいらだった。傍観者になれない程、怒りがこみあげてくる。

劇団にいた頃からちょうど十年。

あの頃は、ケイトは渋谷で英語教師をしていた。生徒が他の外人講師にしてくれといって嘆くのよ、といって、自分の東洋人としての外見を嘆いていたのに。

顔はまぎれもないアジアンなのに、彼女の意識は白人だ。青々とした広い前庭と、瓢箪型のプール。湿気のない空気に曝された白い家。玄関に咲き乱れるマグノリアの花。移民の娘は親世代から享受したものの恩恵より、目前の恋愛に夢中なんだ。

「ケイト、もういいじゃないか。先生は」

芦田先生の後ろに、亡くなった僕の父の幻影が見える。二世の父はバブルの後、事業がうまくいかなくなり、鬱がひどくなっていた。日本国籍に帰化したのは還暦後だ。ぼくも外国人登録を持つ必要や、不要な手続きがなくなって喜んでいたはずなのに。なんだろう。この虚脱感は。それに、父が申請後に見せた、あの抜け殻みたいな表情……。

「とにかく、何回もゆうたやろ、その男はあかん。第一、ハーバードの名門出の男があんたを嫁にもろたら最後、どんな家族紛争がおこるか、よう考えてみ」

「だったらどうして、こんな風に育てたのよ！」

ケイトが日本語で反撃する番だった。おもったより流暢だ。日本にいた時よりは英語訛りがひどいが、それにしてもかなりのものだ。先生のまずい英語の比じゃない。

「私は好き好んで、こんなフラットな顔に生まれてきたんじゃないのよ！　第一、マミーはそんな偉そうにお説教できるの？　日本で身寄りのないグランマが、入院して苦しんでるっていうのに、お見舞いにも行かないじゃないの！　もう長くないっていわれているグランマの面倒もみない、日本にも帰らないくせに、こんな時だけ、母国を振りかざさないでよ」

「ポー」ハトがまた鳴いた。

鼻濁音もうまい。口も頭もかなり論理的にできている。高校を中退して、役者の卵になった僕は、学歴つきのこの手の女に弱い。一時期、練馬の親戚宅に居住しながら、渋谷の稽古場に通っていたケイトは、役者より、よほど弁護士に向いていたと思う。

「はよ、いき」

芦田先生が、フライパンを手に急に小さく固まったようだ。ガリバーみたいに、地上に体を横たえて、無数の針で髪をとめられている。ピンを差して笑っているのは、溺愛してきた実の娘。自分が産んだ子供が、無数の針を打つ。

「ロウ・スクールに遅れるやろ」

よろよろと、ダイニングに腰をかけて、コトリと座った。僕も黙って、イタリア製の猫脚の椅子に腰かけた。金色の縁取りのクッションが背中に居心地悪い。デコラティブなソファに、大きな湯飲みが一つ、ケイトは答えの代わりに、真鍮のドアのノブで思い切り大きな音をたてて、部屋を出ていってしまった。

「あの子をこの国で育てたんが、うちの人生最大の失敗かなぁ」

先生は、苦笑しながら、耳の下で切った断髪をバラリとふった。染め残しの白髪が、頭の先に密集している。まるで八方に散った、蜘蛛の巣だ。

ヨーロッパ調の猫脚の椅子に座った先生は、解いたばかりの黒繻子の帯のようだ。芯から力なく、だらりと横座りになっている。しばらくして、台所に消えると、白いタッパウェアを片手にもどってきた。

「ケイトにとっては、僕がキムチの匂いをいやがったのと似てますね」

僕の言葉に、先生が溜め息をついた。魂まで吸い取られそうな深い、深い呼吸だった。

「そうか、正ちゃんも漬けもんが嫌いか」

今年、五十三歳と聞いているが、この人の白髪はすごい。ほとんど、白髪が地毛で、黒髪が数本という感じ。ボーイフレンドに母親を会わせたかったケイトにしてみれば、毛染めぐらいしてほしかったんだろう。僕はそう思いながら、たくあんを一つ、馬形の金のツースピックでさし、口にした。

「みんな、日本のもんが嫌いか。ほな、あんた何しに日本からきたん」

先生は、僕が日本人か在日か時にわからなくなるらしい。コリアン三世とはいっても、名前と外見がこれだし、僕の意識も希薄だから無理はない。僕達は見えない外人ですからね。そういいたかったがやめた。なんだか、ひどくけだるくなってきた。先生はぼんやり焦点の合わない瞳を、中庭に向けている。軽く息があがってきた。いつもの発作は、癖のようになっている。中庭には巣箱があって、蜂鳥達はそこで雛を育てているようだった。

「なあ、うちの田舎の話、したかいなあ」

ヤマト学園という、日系人の子供達の学校で日本語教師をしている先生は、普段は日系人に美しい標準語を使えといっている。ただし、身内にはひどい関西なまりだ。英語と日本語の使い分けより、標準語と、関西弁のバイリンガルみたいだ。

「秋になると、三方を山々に囲まれた北山の空気が冷たく澄んでなぁ、町のどこから遠くを眺めても、藍色の山あいには、湯煙みたいな白い煙がたなびいてた。時折思い出したみたいに、北山杉の間に見える彼岸花は、人の鮮血みたいに鮮やかやった。こないして目を閉じると、まるで網膜にはりついてくるみたいに浮かんでくるわ」

僕は黙って庭を見つめた。濃い糸杉が影を落としていた。

「うちはなんかあると、鴨川の土手に立ったもんや。上賀茂の下流から上流へと、白縮緬の反物おとしたみたいに、清流が流れてくる。水音は単調で、永遠に続くみたいに退屈やった。東山のむこうには、大文字さんの妙の字。毎年、お盆の今頃や。お母ちゃんのこさえてくれた、大好きな金魚の柄の浴衣着てな。夕闇の中、山々の輪郭が消えていくと、妙の字の一画が、赤々と浮かび出てくるねん」

先生は、ゆっくりお茶をのんだ。

「ご先祖様が帰ってきはるさかいな。五山にともる灯は、東から西へと道案内やねん。彼岸から此岸へと。こっちから、あっちゃへと。それで、右大文字から灯がつくねんよ」

「大文字が一番の思い出ですか?」

さりげなく薬をだして、湯飲みの茶でのんだ。

先年は、全く気づかず、どろんとした目でまた話しだす。どっちがヤク中かわからない。

「いいや、祇園さんが格別やったなあ。祭りの日の鉾頭は、長刀鉾やろ。若い衆が揃いの浴衣で、豪奢なゴブラン織りの鉾の上で、お囃子や。コンコンチキチン、コンチキチンってな」

黙って茶柱のたつ、湯飲みを手にとった。

「祭りにはなあ、浴衣きて、てんかふで襟足真白にして、そぞろ歩きするねん。同級生のミッチョの兄さんが、鉾の上で笛ふきながら、うちらに愛想してくれはるのが、うれしゅうて。ミッチョ、アッコに、尚ちゃん、みんなどこぞに嫁にいったやろうか」

先生は、僕相手に、存分に日本語で話せるのがよほどうれしいようだった。

「隣家から嫁入りしたのは、富子姉ちゃんやった。白無垢に文金高島田、羽二重の衣装が重そうで。三和土《たたき》におかれてた真白な草履は、オツネ祖母さんが奮発した上等やったなあ」

先生も湯飲みを手に、中庭に目をやった。

「冬は芯から体の冷える底冷え。しんしん雪の降る中、おくどさんに火ぃつけるお祖母ちゃんの丸い背中見ながら、うちは、この町でて外国の豪邸に住むて決めてた。そやのに、どやろ。実際、ロスにきたら、なんと生まれ育った町家《まちや》が豊かに思えてきたことか」

先生はそこで、ホーと息をついた。

「みんなうちが、一等幸せになったおもてるやろけど。友達は結婚して、あの格子戸のある町に腰すえて生きてるやろに……うちは、なんでやろ。こないに大きな太平洋を渡ってしもた」

太平洋が、玄界灘に聞こえてくる。

「ちまちました格子戸の家は、奥に奥になごうてな、間口は狭いのに、奥行ばかりある。けど、この町はまるで反対や、間口はひろう見えて、なんと奥行の狭い町やろ」

先生は、椅子の下で小さな足を、童女のようにブラブラさせた。

「ちゃんと、二本の足で立ってるじゃないですか。外国で日本語教師をして、一人娘も育てて。僕には、芦田先生が自立したまっとうな大人に見えますけど」

正直、息があがって苦しかった。パニック障害の苦しみを、こんなところで伝えたものかどうか、かなり迷ってもいた。

タッパウェアの中に、また小さなタッパウェアがあって、それはひとつずつ蓋がしまっていく。そういえば、ロシアにそんな人形があったっけ、あの人形は、日本の張り子をまねて作ったと聞いた、人形はなんていう名前だったろう……。息が次第に先細りの鉛筆みたいになっていく。

「うちは、このコミュニテェにいる限り守られている。日系人町で住む限り、不必要な傷は負わんでええのや」

ポツリといって、先生は、ホットケーキの粉を始末しはじめた。シンクに大量の黄色い粉が散っている。先生の髪の中央で、染め残しの白髪が八方に揺れていた。小柄な体が消えてしまいそうに小さく見えた。

「どうしてそういう風に育てなかったんですか」

「最初はそないおもうたんよ。ヨーバリンダで、夫と肩よせあって生きてたころはね。けど四歳の頃やったかな。幼稚園でお前の英語は訛ってる。変な英語話すな、そないいわれて、大きい石ぶつけられて、たんこぶでけて帰ってきたんや。しょうないからいうて、以来あきらめたんやけど」

在日三世の僕には、よくわかる。父の世代は、移り住んだ国に同化することが生きていく術だったから。

「お昼からは、祭りみにいこか、ぎょうさん出店でんねんよ」

錠剤を手に、薬を飲み干した僕に、先生が曇天の空みたいな瞳を向けた。

パーテーションで間仕切りした隣室からは、ときおり、パチーン、パチーンと碁石を打つ音が聞こえてくる。日本人会館の三階に、先生のオフィスはあった。今日は建物全てを開放して、イベント会場に提供しているらしい。老婦人が室に入ってきた。薄紫に髪を染め、バタ臭い雰囲気だ。英語で草月流の会場がどこかと聞いてくる。だが、芦田先生は、全く無視して、コピーをとり続けている。しかたなく、僕はたちあがり、会場の図を渡してへたな英語で説明した。

「いやみやねん。あのての日系人は、日本人の顔して、日本語もようしゃべらへんねんやったら、こんなとこ来たらあかんね」

僕は笑った。

「でもあの人達からしたら、先生は、なんて洗練された英語のできない、野蛮な日本人ってみえるでしょう」

「そやな、ニューカマーやさかいなあ。けど、正ちゃんかて、日本で本国からきた韓国人みたらそない思うやろ」

僕は苦笑いした。

「彼らは直輸入のキムチですからね。僕は水で辛みも色も振り落とされてるから」

先生は昼食を食べにいこうというと、さっさと室を出てしまった。先生が、ペドロストリート前にある店に入ったので後に続く。ミヤコ・インから二筋南に入った裏通りに、その店はあった。縦長の店は満席だった。少し待って椅子席にすわった。八ドル五十セントのうどん定食は関西風の薄味だった。うまいが高い。

「もんびやなあ。かきいれどきや」

僕も頷きつつ、握り飯を一口食べて、あれっと首をかしげた。

間違いない、これは韓国の海苔だ。

店内をじっくりと見渡した。壁にかけてある瓢箪の横にはさりげなく、韓国のフクベが飾られていた。

バタ臭い顔立ちの店主を見た。握り飯には、韓国の海苔。アロハシャツ姿のアバタのある日焼けした男は、静かに自己のルーツを証明していた。

懐かしいような、虚しいような気持ちになる。在日はどこまでいっても隠れて生きていかないといけないのか。

「ほんに、日本では韓国ブームやろうに。在日は置き忘れられた存在なんやろかな」

先生は気づいているのか、いないのか、唐突にいった後、

「うちらも、日本に帰ったら、在日日本人やねんけどな」

いたずらっぽく笑った。笑うとケイトとよく似ている。右頬にエクボができる。

黙ってうどんのつゆを飲み干した。

いきなり、隣のテーブルから少女が立ちあがり、話しかけてきた。くたびれた赤いサンドレスを着て、大きな目を輝かせている。

「ね、お兄ちゃん。どっからきたの?」

褐色の肌に、真っ黒な巻毛が愛くるしい。

「日本だよ。君は、どこの生まれなの?」

「私がいまいる、この地よ」

少女はテーブルに両ひじをついたまま、顎でピータイルの床を指していった。

「じゃあ、生粋のアメリカン?」

「私のママはメキシコで生まれたの。でも、私はこの国以外のどこに、祖国があるのか知らない」

「じゃ、お父さんはメキシコ人?」

「パパ? パパならママが知ってるわ」

少女は笑いながら、座敷席にいる母親を振り返った。すると、赤ん坊にゴム毬のような乳を含ませていたその母親は、赤黒く濁った肌を紅潮させて大きく笑った。

「バカな質問するんじゃないよ、坊や」

僕は黙って頬を赤らめた。

「娘は、黒人との混血さ、けど、そんな事はなんてこたぁない。あたい達は、今、ロスに生きてる。ただ、それだけさ」

母親はそういって、左手で器用にうどんを食べていた。僕は黙って、二人を見つめた。自身が一個の鉢植えとなって、日陰から日向にそっと押しだされたような気分だった。先生と店をでる。レジに立った店主に何かいいたかったがやめた。

先生と広場に向かう。

特設ステージの上はすでに、太鼓を手にした若者達の熱気であふれかえっていた。紫の海賊風頭巾に、揃いの衣装。大きな太鼓を斜めがけにして動き回っている。威勢のよい掛け声に、太鼓の撥が揺れる。

「あれは、韓国の担ぎチャングですね？」

僕の問いに、先生が笑った。

「なに、いうてんの。ようみてみ、沖縄や」

よく見ると、沖縄県人会の幟があった。

「なあ、ロスでは、あんたらはどないいな存在になるんかいなあ」

先生はそういうと、オフィスに忘れものをしたからと行ってしまった。

仕方なく、イサム・ノグチの彫像の前で、先生を待つことにした。祭りで高揚した熱気でロスの日系人街は活気づいていた。風船を手にした黒人親子の隣で、浴衣姿の青い瞳の少女が泣きそうな顔で、ワタアメを口にしている。

「何してんの、こんなとこで」

ふりむくと、ケイトが一人の男性と手をつないでたっていた。

「彼とデート？」

「そうよ。マイク、私の友人のショウイチよ」

ケイトが、僕に黒人の青年を紹介したので、びっくりした。

「君の相手って」

「そうよ、彼だったの。ママにはエリートとしかいってないけどね、ママはてっきり白人だと思ってるらしいけど。本当は黒人だったってわかったら、今度はどんな反対のしかたするかしら」

ケイトは、右に唇を歪めて笑った。青年が彼女の腰に手を回して、早口で何か囁き、二人は行ってしまった。青年の濃い体臭は、彼らが去った後も残った。

僕は、ポケットに手をつっこんだまま、人込みを歩きだした。日本書店で、何か日本語の雑誌が読みたかった。通りをまがったところで、日本人会館から出てきた先生を見つけた。声をかけようとしたが、後ろから老夫婦が近づいていった。旧移民らしい。全く日本語ができないようだった。パナマ帽を手にした男性が、しきりに先生に道をたずねている。先生はかなり流暢な英語できちんと方向を示して、また、丁寧な地図まで渡した。僕は、少し離れた広場で沖縄の太鼓を眺めていた。

覇気のあるかけ声。そろいの捩り鉢巻き。だれもが躍動感に満ちていて、勢いがあるロスの空のもと、威勢のいい太鼓の音が、大空に向けて立ち上っていく。

ふと、ふりかえった僕は、先生の肩が小刻みに震えているのに気づいた。笑いをこらえているのか？　肉厚の背中が白い麻のシャツに皺を作っている。

「芦田先生」僕が肩をたたくと、

「どないしょ」

先生は、肩をふるわせ泣いていた。

「どうしたんですか。いったい」

「うちは、うちは」

激しい嗚咽だった。

「ついに、日本人に、いや日系人と英語を使うようになってしもた」

先生は、童女のようにしゃくりあげ、泣いていた。

道行くヒスパニックの親子連れが驚いて振り向いた。

「いいじゃないですか、臨機応変で。あの夫婦すごく喜んでいたじゃないですか。今のは、今のでよかったんですよ」

先生の弾力のある体が、僕の肋骨の下に飛び込んできた。

「日本人に、日本人に……」

先生は、しゃくりあげて、鼻をすすっている。

「もう、そんなプライドすてたらどうですか?」

かなり矛盾したことをいってるのは、僕自身よく知っていた。

「なあ、ケイトには、ちゃんとした、日本人の血をいれてやりたいねん。よかったらあの子となあ、正ちゃん」

話は混乱している。僕がこの人にとっては、純粋な日本人になっている。僕は先生の汗ばんだ背中をさすりながら、ロスの夕焼けをぼんやり眺めていた。浜辺に一人、置き去りにされたようだ……。いや、電車の中の中吊り広告、その片面を捜しているような浮遊感にかき消されていきそうだった。

昼食の後、スワップミートと呼ばれる簡易建物に入った。日本の公設市場に似ている。閑散とした店内で売り子の赤い唇と目だけがギラギラしている。店内には衣料品が多い。こまかく仕切った店の中で、先生がマニキュアを買った。前髪を鶏冠のようにたてた店員が僕にも品を勧めたが、僕は首をふって、「ノー・サンキュー」といった。破裂音の早い韓国語の会話がはじまると、急に人々が遠のいていくように感じた。

僕は彼らにはなれない。

英語で日本に住む同胞だというと、店員は僕を横目で見て「ああ」と唇をまげた。

「でよか、もっとええ店があるんえ」

先生が次に案内したプラザマーケットは大きな吹き抜けの真ん中に噴水がしつらえられた高級デパートだ。濃い化粧の水商売風の女や親子連れもいたが、老人が多い。

「少し前に、お母ちゃん呼び寄せたん。けど、一年ちょっとで帰ってしもた。プールつきの家より、ちまちました日本の町家がええいうてな」

先生が小さく笑った。どちらともなくベンチに腰かけた。

「生まれ育ったところでしょう、お母さんの」

「そら、そやけどなぁ……。な、正ちゃん、生簀《いけす》って知ってる？」

「ああ、あの養殖用の？」

「うちは、時々自分があの生簀の魚になってしもた。そない思うことがあるんよ」

まるで十代の乙女みたいな口調で先生が語りだした。

「うちの父方のお祖父ちゃんは、福井で漁師してたんえ。夏休みにお祖父ちゃんとこ行くと海は夕日浴びて、銀砂の粉まいたみたいに輝いてた。お祖父ちゃんは、来る日も来る日もそこに、網かけて。その一角に生簀があったんえ、その魚はいつまでたっても、同じ方向に回り続けてる、死ぬまで輪の中。広い日本海があるのに、その一角から出て行けへんのや。新天地があるのに。死ぬまで六道輪廻の輪の中やねん」

先生の体から濃い汗の匂いがした。

「じゃ、先生はそこから抜け出したわけだ」

「ううん。そないおもてたけど、違うたことに気づいた」

先生は大きくかぶりを振った。

「ボーリングパークの丘というのがあって、日系老人はその丘に腰をおろして、日本を偲ぶんよ。海の向こうの母国を思う。けど、うちは……」

ハンカチで額の汗をぬぐった。母国という言葉が、僕にはよく聞き取れない。

「ちょっと、ごめん」先生は、そういうと、買い物を忘れたといって立ち上がり、丸めた背中を見せて行ってしまった。

噴水の側に座った。着飾った孫を連れ、アイスクリームを片手に老婆が話しかけてきた。韓国語だった。

僕は英語で、ハングルは話せないが、〈同胞〉だといってみた。すると、老婆は小さく舌打ちして、早口の韓国語で孫に向かって何かをささやいた。女の子は不思議そうに僕を見つめている。ソフトクリームの白い滴が、子供の顎にたれていた。老婆は、アイゴ、と二度舌打ちして、信玄袋の中から、白いガーゼを取り出した。

「ハンメ」と甘えた顔で孫が、何かをいっている。二人の間にある密な関係に、空洞の西瓜を割ったような気持ちになる。深い血の繋がり……。

僕は、静かに立ち上がった。

店内を一周してみた。高級そうなブティックや美容院が入っている。たいていのアジアの女は一目で韓国系の女性とわかる。エラが張っていたり、頬骨が出ている。化粧も日本人とは違ってよりはっきりしている。英語しか話さないとわかった時の売り子の敵意を含んだ目を見て、ガラス張りの店を出た。

この町では、日本の韓国ブームが嘘のようだ。

様々な韓国食料品が並べられている。荏胡麻《えごま》にするめと赤茶色の色彩。目を刺すような匂い、一軒の食料品屋の前に立った。髪を短く切ったGジャンの青年が、きびきびと立ち働いていた。

ふと見ると、自分の容姿によく似ていることに気づいた。中肉中背。やや、小柄な青年は、細面で、髪を茶色に染めていた。

「やあ」

「ハロー」

青年は白い歯を見せて笑った。黒目がちの目も、僕の分身みたいだ。

「ね、その米おいしい?」

〈ボタン〉という名の袋を指でさした。

「そうだね、けど、日本人なら、それが好みかな」

青年が後方の米を指していった。

「いや、僕は君と同じ、コリアンだよ」

英語がするりと出てきた。

思い切って好きな子に告白するような気恥かしさがあった。が、青年は困ったような表情で、

「ノリしか、まけられないんだ。ごめんよ。母さんがうるさくてさ」

巻き舌の英語でいって笑った。

鑢《やすり》を手に、決しておとすことのできない土壁にぶちあたったようだった。

「日本人ですね」

今度は、背後から中年の女が声をかけた。

振り向くと、灰色の上品なワンピースに身を包んだ、ほっそりとした女が立っていた。

日本語だった。

「リー・イモ」

イモって何だったろう。ああ、確か、母方の叔母という意味だ。そこまで、思い出して
女を見た。女は青年の言葉に何の反応も返さず、

「私たちは、日本語を話せます。意味、わかりますね」

そういって僕を真正面から見た。ほっそりとした瞳が、潤んだように光っていた。

僕は黙って外に出た。

いわれのない、食い逃げを問い詰められたような気持ちになる。

通りでは、露店商の老婆が、粗末な台の上で、野菜を売っていた。しなびたチシャ。父の好物だった。ふと見ると、亡くなった祖母にそっくりの老婆が座っていた。折り襞のような額の皺。真ん中から分けて髷を結った小さな頭髪。小さい頃に亡くなった祖母にそっくりだ。異国でやっと親戚に出会えたような懐かしさがこみあげてきた。サンバイザーをかぶった老婆に近づいていった。その時だった。

「お前ら、日本人が何しやがった！　え、何しやがったんだ！」

一人の老婆がいきなり僕に怒鳴りだした。呆然とした僕は、自分の右肩にカメラがぶら下がっていることに気づいた。

「いや、僕は」

日本語が、さらに老婆を逆上させた。

「え？　われー。お前らが何しやがったかいってみな！」

そうだ、日本語の弁解は、ここでは意味をなさない。それがわかるのにどれだけ、時間を要しただろう。

オートロックのドア。ボタンを押して出ようとする。一瞬の空白の間。少しの迷いの間にまた、ドアがジーと音をたてて、前でドアは閉まる。

「すみませんでした」

何がすまないのかよくわからないままいった。不法就労の移民かもしれない。僕はそう考えて、再び歩きだした。体中にひどいだるさと疲労感が出てきた。通りの向こうで、古着市を出している、青空マーケットのメキシカンたちの側で腰を下ろした。

錠剤を片手に、ペットボトルから水を飲み干す。見上げた空が眩しく、肩のつけ根が痛かった。丸くて白い太陽。黄金色の雲の向こうに白い球体が口をポッカリと開けている。どちらかに完全に属したいのに、属せない。いや、違う。どちらか一つに規定されたくないんだ。そう思いつつ、虚しさがこみ上げてくる。僕らは、海外に出れば通行手形を持たない。そう考えると、逆に、帰化したことで鬱積していた胸のつかえが、取れていきそうだった。

リトル・トーキョウのヤオハンに入った。店内は人気《ひとけ》もまばらだったが、見慣れた文字の商品と日本語に気が緩む。ここでは神経を昂ぶらせることはないのだ。日本語のテープで放送が流れ、日本語の店員が愛想よく品を並べている。豆腐を取り、醤油をながめ、納豆を手にし、僕は心中でくり返している。

この先き血を裂いて見せられない以上、帰化してよかったんだ。無意識のうちに日本食を買いこみはじめていた。食料品で満載になったカートを止めた。何か、異物が入ったような気がした。立ち止まり、首を左右に振った。再び、カートを押して、さしみ、うどんに総菜のテンプラと買いこみはじめた。山積みになっていく日本食がいつもより重く感じる。

ぼんやりと、和風ドレッシングを手にした時だった。通路の奥でものの倒れる音がした。見ると、上段にある缶詰をとろうとした客がそれを倒してしまったようだ。僕はカートをそのままに通路に散った缶詰を拾おうとして奥に進んだ。店員は奥にいるのか誰もやってこない。トマトの缶詰を拾い、商品を戻している男を見つけた。

上段の物が取れないなら店員を呼べばよかったのに。そう思いながら近寄って声をかけようとした時だった。突然、男がよろよろと、数歩歩いて通路脇の転がった商品を取りに行った。驚いて僕が息を止めたのと、上体を起こした男が僕を見つけたのは、同時だった。

「モリさん……」

「いやだよーん。へんなとこ、みつかっちまったよん」


モリと僕は買い物袋を手にミツルカフェにすわっていた。店内は昼時も過ぎ、二組の常連らしき日系人以外に客はいない。喉をならして水を飲んでいるモリの前で、僕は濃い番茶を啜って、油ぎったデコラのテーブルの前で腕をくんだ。

「まったく、暑いよね」

扇子で首筋を扇ぎながら、モリがにっと黄色いヤニすくった歯を出した。

「なんだい、坊や怒ってんのかい」

「普通は怒るでしょうね。僕はモリさんが歩けないって、思っていたんですから」

誰もそのことには触れなかったのだから、僕が思いこんでいたともいえる。

「へん。おかんむりかい。これだからこまるよ。坊やは。所詮、あちきらが、先輩がたの苦労を知らねえように、坊やにはあちきの気持ちなんかわかんねえんだな」

モリは目の前に運ばれた親子丼を前に箸を割った。二本の箸を交差させている。僕の目の前、入口の方には北島三郎が腕をくんで笑っている。そのポスターの前のカウンターに座っていた白髪の老人が、ゆっくりとした足取りで挨拶にきた。

「おや、ひさかたぶりでやんす。大先輩、長くおみかけしやせんでしたぜ」モリが笑うと、

「ワイフが亡くなっちまってね。今日で二カ月さ。毎日、一人でクックするんだけど、味けなくてね」

パナマ帽を手に、赤い椰子の木の柄のアロハシャツを着た老人は、細長く息を吐いた。

「そりゃ、そりゃ」モリが神妙に頭を下げた。

「だれかいい方がいましたら、さがしておきますよ。先輩」

モリの言葉に、日焼けした、目鼻立ちの大きな老人は神妙な顔で、

「そうだね。だけど、やっぱり言葉のわかる、同じクニの人。同じブラアードが流れてるのがいいね」

パナマの中折れ帽をかぶって行ってしまった。

「所詮、先輩がたにはかなわねえさ。俺たちは、一世からすりゃ、新参者のニューカマーだ。何の苦労もねえ洟垂れ小僧なんだ」

モリが丼のふたをとって鼻を動かした。

「僕がもしここに定住したらどうなるかな」

「坊やもニューカマーさ。こっちにきて住んでみな。悪いけど、坊や、在日なんて言葉は通用しないよ。韓流ブームに沸いているのは日本だけさ。このでっけえ大陸じゃ、坊やもまた……」

「ニューカマーの日本人なんだ」僕の言葉に、モリは、少しバツが悪そうに目を伏せた。

「ここのメキシカンは料理がうまいよ。日本の味がわかるのかね」

卵とじの鳥肉をせわしなくつつきだした。

「あれは、渡米五年目のことだったかな。日本じゃあきらめてたのにさ、サンフランの州立大学の名医に外科手術で治るっていわれたんだ」

「それで手術されたんですか」

「三回必要だった。費用がばか高くて、結局二回でやめちまったけどね」

完全に治すにはあと数回手術が必要だと医者にいわれたという。だが、結局訓練次第で自力で少しは歩けるようになった。モリも熱心だった。治ったら日本に帰って憧れのハワイアンバンドに入れると、州立病院のリハビリセンターに通ったらしい。

「いろんなものになれると思ったらさ、夜も眠れなかったよ。それまで諦めてた、人形遣いにも、いや、役者にだってなれるんだ、そう考えたら頭がおかしくなっちまいそうだったね」

無精髭ののびた顎に飯粒をつけたまま、モリがご飯をかきこんだ。ポマードをつけた髪の下で、日焼けした地肌が透けている。ミツルの女将がきて茶をいれてくれた。髪をきちんとアップにして真っ白な肌の上に、白い割烹着をつけている。日本のよき母親という感じのふっくらした女将は、恵比須さんのような笑みを浮かべ、

「ゴユックリ」といった。

モリは今味わった日本食をゆっくりと番茶で流しこんで、爪楊枝をとった。

「それが、おもしれぇんだけどさ。いざ治る、このクラッチが必要なくなるってきいたらさ、何かおかしくなっちまったんだよ」

「おかしい？」

「うん、そうさ。あちきは生まれた時からこいつと一緒だったんだ。こいつはいわばあちきの分身さ。こいつのためにアメリカにもやってきた。こいつと離れたくて手術も受けた。けど、気づいたんだ。こいつは世間さまからみりゃいらない存在かもしれない。けど、あちきの存在はこいつ抜きじゃなりたたねえってことにさ」

食事を終えたモリは、アロハシャツの、ポケットから櫛をだして髪をすいた。強いポマードの匂いに僕は眉をひそめた。モリのいったことが幼く聞こえたせいもあった。

「それは、アルプスの家のクララとどう違うんですか」

僕の質問にモリが天井を見上げて笑った。

「あんたはおもしれぇことという人だねー。あちきをみんなの同情をひきたいわがまま嬢ちゃんと一緒にするんだね」

「でも、結局は、そういう意味じゃないかな」

「ま、いいさ。確かにこのクラッチに依存してるのも事実だろうね。あれほど夢みた体になれるってことを拒否するなんて、健康な人間にはわかんねえだろうさ。けど、いいかい坊や。バーモントで部屋をシェアしてる、あちきの黒人のダチがいったんだ。クラッチなしで生きていけるのに、クラッチをあえて選んだってことは、モリ、それが本当のリハビリティトしたっていうことじゃないのかいって」

「本物のリハビリティト？」

「そうさ、選択肢がひろがってなお、今の状態でいいってのは、それが本物のリハビリだっていうのさ、トランペッターのダチがさ。不思議なもんで、あちきには、クラッチなしで生きるあちきが何者なのかわかんねえんだ。この体のおかげであちきはアメリカっていう国にも出会えた。黒人の親友もできたし、人の情けも身に染みた。どんなにやっかいでも、あちきはやっぱりクラッチなしで生きられねえんだ」

モリのいっている内容に、気弱な逃げがあるのを感じたものの、僕には彼のいうことがわかるような気がした。

「あーあ。いい外国語がきこえるねえ」

前のボックス席にいた老婆がふり向いて笑った。一世らしく、訛りの強い日本語だった。

「ちがいますよ。奥さんあちきのは日本語じゃない」

「じゃ、英語なの？　旦那」老婆は品よく笑っている。

「いやさ、食後ってさ！」

モリが使っていた爪楊枝をポンとアルマイトの灰皿におとして、手を打つと番茶のおかわりを催促した。僕は総菜の入ったヤオハンの袋を手に立ちあがった。

「帰ります」

モリが再び櫛をだして髪を梳いた。

「いつか芦田先生と、梅川忠兵衛がやりてぇな。そんときゃ、小道具の竿のかわりに、このクラッチで踊りてぇからさ」


濃紺の夜空を背にほの白い三日月が笑っている。グラマンズ・チャイニーズシアターの夕暮れは、闇の世界への入口のようだ。薄紫の夕暮れを背に朱塗りの屋根は、赤いマントを羽織ったキョンシーみたいに不気味だった。

小さなシルクハットを被って、両手を広げた寸たらずの小人。顔のすぐ側から両腕をだしたサリドマイドの坊や。真ん中には、洞窟に続く黒いトンネルのように、閉ざした玄関が広がっていた。どこかで赤子の泣き声がきこえる。一定のリズムが、女の喘ぎ声のようだといったら、ケイトが赤紫のグラデーションになった空を見上げ、大声で笑った。

「君の頭のなか、そのことしかないの?」

「全くのはずれ。逆だよ。誰にも心開けないし、コミュニケーションできないから。多分妄想と対極的なところに僕はいる」

対極的、という英語がでてきたことに、かなり満足した。ケイトは、僕が昔とちっとも変わっていないという。自閉症で自意識過剰な悲劇のヒーロー好きな子供。そういって笑った。

ケイトといると、胸の圧迫感がなくなっている。ポケットにつっこんだ白い錠剤に手をのばしたまま、僕はいった。

「君は、随分かわったな」

「どこが?」

さらさらの黒髪が揺れて、切れ長の一重の目が、まっすぐに僕を射る。邪気のない瞳。無垢で無防備な表情は、芦田先生によく似ている。

「随分成長したよ。きちんと、ロウ・スクールに行って次の指針も見つけたし、何より自立している」

「あのさ、君わかってないようなんだけど」

ケイトがゆっくりと言葉をきって笑った。

「対人関係って鏡だから、君は、君の姿を私のなかに見てるのよ。歪んだ鏡に顔を映せば歪んだ顔しか見えないのと一緒でね、それと逆のものを見たんだわ」

「そうかな」

「だってあなた、私を見てないよ。君が見てるのは、いつも私の瞳に映った自分の幻影だよ」

　チャイニーズシアターの緑色の塀の屋根は、髭をはやした賢者のようだ。両方の髭がピンと頭上に伸びている。赤土の壁の奥の黒いほら穴。大口を開けた洞窟。僕はそこに飲み込まれていくような脱力感に襲われている。

「いいのよ、別にそれでも」

　ケイトが笑って、ピンク色の歯ぐきを見せた。

「あのね、君のお父さん自殺じゃないよ」

　僕は驚いてケイトを見つめた。

「寿命だよ」

「なんで」

「知ってるかって？　日本人会のメンバーは、時にＦＢＩよりすごいのよ。あの人達のコミュニティの結束は半端じゃないわ。トーランスの駐在妻が、この国に馴染めず、子連れ心中しようとした時、みんなは監獄から出てきたその女性をちゃんと受け入れたの。アメリカ人は理解しがたいでしょうけど。日本人よね。彼女はまた子供の墓にほど近い町で手芸を教えてるわ。ウエットな感性の日本人よね」

　下腹のあたりで、ドクンと血が逆流した。あの日の光景が記憶の襞で波打った。

「君がなんで渡米してきたかってことぐらい、みんなとっくに調べてるわ」

「頑張れっていったのさ……そんな事に負けるなって。励ましたんだ。そしたら、家の階段のぼって、かけ上がっていった。それでドア、バタンと閉めて」

　一瞬のことだった。僕は父に怒鳴ったのだ。泣いて背を丸める親父が哀しかった。冗談だと思った。

「そうさ、息の根をとめたのは僕さ！」

　日本語で怒鳴ったので、切符売場の近くにいた日本人の高校生グループが振り返った。

「励ましたんだ。まさか本当に鬱病だなんて……」

　納棺の時の、左手の火傷は、煙草の火をつけた自傷行為だった。検死の後、医者にいわれて初めて心の病気だと知ったのだ。涙もろくなった、芝居がかった行動をとるとは思っていた。だけど、心の病気だったなんて。

　触れてはならない箇所で、ケイトが僕の心中のピアノ線をいじった。

「なんで、悩んでたの？　お父さん」

「借金かな、いや、僕がいつまでたっても……」

役者になりたいっていった一人息子への絶望か。いつまでも役のつかない役者は、父親が、自分を非難した時、帰化したことをなじったのだ。今までの自分の人生の不安定さが、やっとなくなったというのに。いや、問題はそこにないと知っていて、それを自己保身に使ったんだ……。ごめんよ、父さん……。

「それにしても不思議なんだ。亡くなってやっと、親父の気持ちがわかる」

ケイトが唇を噛んで前方を向いたままいった。

「心の病気だよ、風邪をこじらせたら肺炎になるでしょう。それと同じ。心は見えないから、医者も判断しにくい、外傷もでない。でも、お父さんは病だった。君が非難した事は、あくまでもきっかけで、それまでに多くの要因があった筈よ」

グラマンズ・チャイニーズシアターの夜空が、彼女の青白い顔の後ろに広がっている。

父の最後の顔。さっきまで話していた人間が、自分の言葉が引き金となって、冷たくなって旅立った事実。

救急車で見た遺体は、赤紫に大きく腫れあがっていた。僕の小さい頃、父はレストランの多角経営で成功していた。多くの従業員を前に訓示をたれ、反日感情をバネに成功した二世の親父は誇らしかった。誰よりも強く、気丈夫だった人なのに……。

いろんな絵の具をぶちまけたみたいな顔色が、時間がたつにつれ、白っぽくなり、ピンク色になっていった。

納棺の時、父の足は、五枚鞐《こはぜ》の足袋に包まれ、剣を携えていた。バジ・チョゴリでもなければ、白いポソンでもない。生前好んだ正絹のお召しが、新たな旅立ちの衣装だった。後年好んだ品を身に付け、父は旅立った。通名で通し、最後に帰化した父は本望だったのだろうか……。

「それで、君はもうなおる時期にきてるよ」

「僕が？」

薬を手に、ペットボトルを持ちケイトを見た。

ひどい動悸と圧迫感だった。口の中に、飲み込めないほどの、大きな気球を入れられたようだ。

「なおる時期にきてるよ。あなたは」

ケイトがまた、言葉を重ねた。

「どうして、そう思うの？」

ケイトが首をまげ、ゆっくりと、薄茶色の瞳で僕を捕らえた。

「いっても平気?」

正直怖い。グラマンズ・チャイニーズシアターの屋根の両脇に、大空に向かってそびえ立つ柱塔。赤い蠟燭みたいなグラデーションが、ケイトの顔の後ろで笑っている。

「お父さんが死んだからよ」

ケイトが静かに一語、一語区切るように、英語でいった。

「なんてひどいことをいうのかって?」

ケイトが唇をまげて笑った。

「つまり、君は、君を呪縛してきたものから解き放たれたのよ。長い間、君は、祖国というものに幻惑されてきた。自分になんの証もないものに、いらだってきた。だけど、やっと……、ごめんね。言葉が悪くて」

そこで、ケイトは言葉を区切って、息をついだ。僕もエビアン水を飲んだ。デパスを多量に飲み下した。白い錠剤が、喉にとっかかりつつ消えていった。

僕が促す番だった。

「アクセプトできたんだよ」

「アクセプト?」

「そう。容認できたの。時間はかかっただろうけど、君は、長い間、右足で立っていいのか、左足で立っていいのか、体の内で軸を決めかねてた」

「……」

「だけどやっと、自分の居場所がわかりつつある」

「それって」

「常に自分の中心軸を捜し続けることよ、それから……」

今度はケイトが、僕を正面から見据えた。

「いくら不安定でも、歩み続けること。そしたら軸が見えてくるよ。それは一定のものじゃないかもしれないけどさ」

彼女が僕の右手をとって握りしめた。

残っていたデパスが手の平から零れ落ちていった。

「人はね、思ったほど怖くないよ」

「……」

どうしてだろう。すごい勢いで涙がでた。熱を帯びた温水が、目から、鼻から流れ落ちていく。

と同時に、胸の圧迫が少しずつ消えていった。

「電車が、音をたててコンコースに入ってくる。すごい勢いで群衆が電車にのりこむ。みな、無言でね。ゆっくりとドアが閉まる。そこで、君の心臓が停止しそうになる。でも……」

「でも」

「助けてっていってごらん。倒れる前に、誰でもいいから、背中をさすって！って泣いていいのよ。そしたら、人は案外、信頼していいってことに気づく筈よ。それから」

「それから……」

「吐ききることね。呼吸もね。ひたすら細く、長く。全部吐いてごらん。そしたら息は入るようにしかできてないんだから。必ずまた、新しい何かが入るのよ。悲劇のヒーロー好きの、やさ男さん」

ケイトが、小鼻に皺をよせて、笑っている。

グラマンズ・チャイニーズシアターの後ろで、ライトアップされた光が、ケイトの上半身をオレンジ色に染めあげていた。

モリからの電話で先生の家に行ったのは、その翌日だった。ケイトは、僕とチャイニーズシアターで会った時、すでにその事実を知っていて、日本に向かっていた。

「正ちゃん」

先生が、目を真っ赤にして、タオルを手にしていた。

「お母ちゃんが、お母ちゃんが」

子供のように声をあげて泣いている。

「さっき、モリさんから聞きました。早く帰国の準備をされないと」

「大丈夫、大丈夫やねん」

先生は、リビング横のキッチンへと消えると、右手にタッパウェア、左手に湯飲みを抱え、それを大理石のテーブルの上に置いて、再び椅子に腰をおろした。

「おおきに、ほんま、おおきにな。けど、うちが帰れへんいうたんは、何も妹や叔母が怖いさかいと違うねん」

先生は一口ほうじ茶を啜った。僕は薄いブルー地の壁にはりつけられた、大きな金細工のレリーフの鏡の中の先生を見つめた。

「うちはな、この国で骨うずめるて、覚悟した女やねん。この国の市民権もとったんや。なんぼアメリカ女に旦那とられて、娘をヤンキーに育てたいうても、うちは帰れんのや」

先生は、タッパウェアからたくあんをだして、金のツースピックで一片を口にしている。

大根おろしの腐ったような匂いが、ショールームのようにヨーロッパ家具の並んだ部屋に満ちた。

「夫に女ができた時、ああ、お母ちゃんのいうこと聞かんときたさかい、こないな罰《ばち》あたったんや、そないおもた。ケイトが幼稚園でチンクいわれて泣いて帰ってくるたんび、ああ、八坂さんにお参りして、この子がいじめられんよう、あの鐘叩いておもいきり祈りたい。どんなおもたことか」

たくあんを食べながら、先生は涙を流し続けている。

「お母ちゃんが、入院したて妹から手紙もろた時も、どんなに、あの飴色の格子戸開けて、黒いピカピカひかる廊下、ダーと走っていって、お母ちゃん、堪忍な、うちや、順子やねん、そないゆうて、鴨居にごんごん頭ぶつけて、謝りたいおもたことか」

僕もだまって、たくあんを口にした。

「けどな、正ちゃん、二十五歳でこの国にきて、その倍以上の年になるまで、日本にも帰らんと、この国で暮らしてたらな、うちの故郷は、すでにあすこやない、リトル・トーキョウの銀まさやったり、日本書店やミツルカフェ、ペドロストリートにある西本願寺さんと違うんやろか……。そない思うようなってきてん。子供らに日本語教えながら、いつかうちも、この町にくしゃくしゃに飲み込まれていくような気がしてた。いや、いっそ、マーブルチョコレートみたいに噛み砕かれたいとおもてたんかもしれんなぁ……。うちが、今日本に帰ったら、あの国で自分をなんとおもうやろ、あの国に帰ったら、うちの体のどこそこに、なんかイミテーションがついているのに気づいて、ひどう失望するやろ……。うち、怖いんや。うちの国があそこであって、あそこでないと知ることが。自分が、どっちつかずの中途半端な人間になってしもたて知ることが……」

僕は、一世の祖母が、高齢になってからは韓国に帰りたがらなかった理由をやっと理解した気持ちになった。

「お母ちゃんがのうなったら、なおさらうちは日本へは帰れへん。形見だけ送ってもろて、本願寺さんで祈る。それが、この国でケイトいう子を育ててしもたうちの仏罰やろな」

先生はもう泣いてはいなかった。ただ、黙々と漬け物を食べていた。

「ケイトがどんなに、焼き魚や、たくあんを嫌《きろ》てもうちはやめへんで。やっぱり血になじんだ食べものが一番や」

いや、違う。先生は怖いのだ。日本に帰って、自分がすでに、日本人とは違う何かを身につけてしまっていると知ることが。僕たちは無言でたくあんを食べ続け、茶をのみ、涙を流し続けた。


二世週祭の最後の日がやってきた。帰国の準備もできていた。小さなスーツケースには、たいしたものは入っていない。

「ゆっくりしてったらええのに」

先生は、朝から呪文のように繰り返していたが、僕の内で、今回の旅はもう十分だという声がしていた。

「パレードさえ見れたら満足です。夕方の便で帰路につきます」

先生は黙って、うなずくと、ケイトに渡してやってくれといって、僕に風呂敷に包んだものを手渡した。

「手紙と、あるもんがいれてあるねん」

僕は確かに渡します、といって荷物を預かった。

沿道は、あらゆる人種で一杯だった。露天商の前の人が群れ、テント前に、人々が輪を作り、ロスの町は、日系人街の熱気で包まれていた。

僕はスーツケースを手に、とにかく、祭りだけは見物して帰国することにしていた。

パレードが始まった。ゆっくりと等間隔で、出し物がやってくる。日系人学校の鼓笛隊は、お揃いの制服だ。赤い上着に青いズボン。黄包の鶏冠をつけた兵隊達は、太鼓やトランペットでアメリカ国歌を奏でている。

ＪＡＬの看板を背にミス日系クイーン達が勢揃いし、打掛け姿で微笑んでいる。長い打掛けに簪《かんざし》姿の女達は、白塗で押さえ切れない、ココナッツ色の地肌を紅潮させている。

大幅な道路を挟んで、沿道に居並んだ人々は、風呂上がりのように上気した肌を、ロスの日ざしにさらしていた。

六車線の幅広の道路をかきわけ、人々を押した。沖縄の獅子舞が前を練り歩いていく。なんだかおかしな獅子舞だ。よく見ると、サンバのリズムだった。

赤くて大きい、白い斑がうねる。陽気で湿気のない国で見るラテンのリズム。

濃い灰色の雲間のむこうには黄金色の光。その背にはスカイブルーの絨毯。

ただし、その隙間には迷彩色がある。この国に来て見えなかった鈍色の空。それは、複雑で多様な色彩のプリズムだった。

「振り返ったとたん、石にされちまうんだ」

モリが紺色の前掛けをして、釣銭でふくらんだポケットに手を入れじゃらつかせている。今日は日本人会で、ラムネの出店を出していた。

「石？」

「そうさ、ギリシャ神話だったかなあ。お前さんの場合は、芦田先生にいわせりゃ、京の渡月橋の上。十三参りの坊やさ」

モリがラムネを手にじっと、パレードを見つめていた。大きな喉仏が動いて、ゆっくりと液体を飲み干している。

赤い提灯を揺らしながら、大型バスが、僕の目前を紙芝居みたいに通りすぎていく。毒々しい程に真っ赤に塗られたトロリーバスには、浴衣姿の女達が鎮座している。年増芸者みたいな揃いの浴衣姿の女達は、バスの側面に横並びでお囃子を続けている。にこにこ笑って、コンチキチンと囃子を続ける女達。日本の芸者が見たら歯を出して笑うなと怒るだろう。

「暑いでしょう?」

芦田先生は、沿道の人々に団扇を配っている。捩り鉢巻きで、法被姿の若い母親が、ベビーカー片手にそれを受け取った。

「どういたしましてっていうのよ」

赤ん坊に先生が日本語を教えている。若い母親も誇らしげに先生の言葉を、我が子に繰り返していた。母親の背中で〈丙〉の文字が揺れている。僕の視界の中でも、文字とともに何かが揺れていた。

「あの、ピカチューのウチワ、どこでもらえるのかしら?」

いきなり英語で話しかけられた。どこの国のアジア人だろう。僕は彼女の薄茶の瞳を見つめながら、大通りの向こうを指さした。

道路を渡りだした親子からは、大きなハングル音の笑い声が聞こえてきた。韓国人だった。何かもっと、本当に大切なことを言い忘れたような気持ちになる。

「なあに。三回忌を過ぎたら、うんと楽になるさ」

モリが酒臭い息を吐き出していった。

「あちきも、両親の葬式にも帰らなかったからさ。ま、偉そうなことは言えねえけどさ」

「なんで」

「帰らなかったかってかい？　帰らないんじゃない。帰れねえのさ！」

鼻腔をひくつかせて、怒鳴るようにいったモリの隣で、僕は黙って、赤いオープンカーに乗って紋付き羽織袴で先導されていく男を見つめた。

仕舞太鼓もゆっくり近づいてくる。バスを改造したらしい大舞台は、よくみると船の形だ。その上で、人々が歌い、太鼓を叩き、踊っていた。

海を越えた人々の祭りは、一大絵巻みたいだ。ただし、日本のそれとは違う。大きな土壌で、自らが選び、作り、練り直した絵巻物。一本の軌跡は決まっている。皆、その上で与えられた人生を謳歌しているように見えた。

「なあに、みんな、いつかあっちに行くんだ。そん時、あやまればいいさ」

どたりと沿道に腰をおろし、モリがいった。杖がアスファルトの上にコトリと落ちた。酔っているらしかった。

「僕が……、あっちにやったんですかね」

「そんなことどっちだってかまやしねえ、それより、坊や、今は薬に助けられてるんだ。今はそれがてめぇの支えだからな。自分責めて飲むんじゃなくて、薬にありがとうっていう気持ちで飲んでみな。そしたら、生きてることがちったぁ楽になるさ……」

「薬にありがとうですか？」

「生きていく上で、急な負荷は時に人をつぶしちまう」

黙ってモリは酒臭い息を吐きだした。

「人はそんなに簡単に死にゃしない。それに、そんなに簡単に人間にはなれねぇさ」

ポマードを塗った髪の地肌が、太陽の下で透けて見えた。

前方に人垣ができていた。

「ね、あの行列はなに？」

今度は、左隣にいた若いカップルが目前を通る一行について尋ねてきた。それは、大名行列に違いないのだが、忍者のようなお小姓の装束といい、銀髪のお姫様の鬘《かつら》といい、かなり奇妙なものだった。

「ハルヒメサマノオナーリー」

一行は、ふざけた様子もなく、真面目に連呼している。

あれは、何かのパロディなんだろうか。モリに尋ねようとしたが、アスファルトの木陰で、彼は眠っていた。

熱心に、今にもメモをとりそうな感じで、カップルは僕の答えを待っている。

なんだか、わけのわからない怒りがこみ上げてきた。

「先生、芦田先生！」

僕は大声で先生を呼び、人込みをかきわけた。彼らにきちんとした日本の歴史を伝えるんだ。人込みを進む。ソフトクリーム売りの親父に肩をこづかれた。

「ウオッチ、ユオア、フット！」

顔を真っ赤にした親父を無視して進みながら、次第に僕は興奮してきた。だいたい、この祭りはなんなんだ。寿司ネタの下で、飯が生暖かいみたいだ。どこかが妙だ。ずっと抑えていた感情が湧き出してくる。

このハルヒメ様は人を愚弄しているのか。あるいはパロディなのか。きちんとした日本文化を伝えるんだ。いや、伝えなきゃ！

僕は、ひたすら人々をかきわけ、先生を捜した。汗が額をしたたり落ちる。

「ね、君、これは何かのパロディだよね」

やっと一同に追いつき、ひき蛙みたいなお小姓に、御輿にのったペコちゃん人形のような銀髪のお姫様を指さした。だが、彼らはしごく真剣だった。

「ちょいと、坊や」

　その時、背後からいきなり手を握られた。

「ちょいと坊や。御代がまだだったね」

　あの朝の占い師だ！

　銀髪をアップにして、大きな輪のイヤリングを揺らし、笑っている。

「すまない」

　僕は、ズボンのポケットに手をつっこんで、皺くちゃのドル札を手渡そうとしたが、女は笑って受けとらない。

「かまやしないさ。ロスにきた土産だよ。それより、お父っさん、早く成仏させたげな。あんたの後ろで、首に黒い絹まいたまま、泣いてるよ」

　どきんとして女を見た。女はにやりと笑って、

「それから、坊やの未来だけど」

「僕の未来？」

「いや、まあ、今回はやめとこう。あんたは、またここへ来るさ。近いうちにね」

　女は笑って手をふり、ウインクして行ってしまった。

人形の中に続く人形の名前は……。確かマトリューシュカだ。タッパウェアに続くタッパウェア。一つ小箱を開ければ、次の蓋が開いていく。

モリの側に戻り、眠っているモリの肩をこづいて起こした。僕は一人興奮していた。

「モリさん、おきてください」

モリは夢を見ていたらしく、涎《よだれ》をふいて、薄目を開けていった。

「うちの親父がよく言ってたなあ。辛抱ってのは、するもんじゃない。させられるもんだって」

酒臭い息を吐き出していった。

「希望のある辛抱を忍耐というんだが」

モリの自嘲的な笑いを見るのは初めてだった。

「希望のない辛抱は……、なんていうのかねえ」

フーと息を吐いて、空を見上げた。

遠くで地響きのような歓声があがっている。土ぼこりがたち、御輿が威勢のよいかけ声とともにやってきた。

ああ、これこそは本物の御輿だ。僕は、安堵して年季の入った黄金色の鳳凰と、捩り鉢巻の若い衆に目を細めた。そうだ、ケイトに見せてやろう。

「ケイト！　ケイト！」

大声で彼女を捜す。だが、次の瞬間僕はそこに立ち止まった。それは、巨大な張りぼてを思わせる大太鼓なのだ。直系二メートルはあるだろうかという太鼓の腹。赤いラッカーで吹きつけられた胴体には、原色の鯉のぼりの絵が描かれている。それを人々が担ぎ、撥で打ちつけながら、せり歩いてくるのだ。

「ワッショ、ワッショ」

俯いた黒人の青年はペパーミント色の捩り鉢巻きに、皮膚の粘膜色の唇を半開きにしている。その隣では日本人青年が、生白い上半身を裸のままに、日本手拭いを姉様かぶりにして、一点を見つめている。両者の間の青年は、雪駄を履いて、紺色の前垂れを裸にまとい、太鼓を先導している。ワッショが、次第にワッソに聞こえてくる。

〈祭〉と染め抜かれた文字がロスの町中で、ワッショ！　ワッショ！　と揺れている。

多重になった掛け声はパームツリーの頭の上を越え、大空へと立ち上っていく。筋肉質の黒人の腕。横には、青い瞳の青年の金色のうぶ毛のはえた腕が。その隣には、黄土色の日本人の、いや中国人、いいや韓国人？　とにかく腕が舞い、乱打する。腕、腕、腕の舞だ。

十二色のクレパスの交差。二十四色の色の乱舞。いや、三十六色のグラデーション。拍子木片手に、頬被りに短パン姿で、長い黒髪をたらした東洋人の女の子が、太鼓の回りで歌っている。

カゴメ、カゴメー。目茶苦茶だ！　ふと見ると、モリが、欠伸をするふりをしてそっと涙を拭っていた。

「ワッショイ、ワッショイ」

御輿太鼓の掛け声は、空へと立ち上っていく。僕は狼狽《うろた》え、そして次に苦笑した。なるほど、これこそが移民した彼らにとっての〈祖国〉なのかもしれない。明快な原色で塗られた太鼓に、多色のパステルクレヨンを散らしたような腕、腕、腕の乱舞。

この国で生まれ、育ち、培われた彼らの意識にとって、純粋な日本は、父祖の国と違っていて当然なのだ。

そうだ、だとしたら、僕にとっての撥は、一体どこにあるというのだろう。日本で、僕が打つべき太鼓は、一体どんな色をしているのだろう。

胸の奥底から、鈍色の吐き気がやってくる。

ケイトはこの国にいる限り、見える外国人だ。だが、僕は違う。日本にもどれば、同化してしまう。名前さえも日本名で、どうして在日コリアンの冠を頂いて生きねばならないんだ。

同系色の手で、どこへ向かって撥をふるえばいいのだろう。合わせ鏡に反射された光は、僕の屈折した意識を光のプリズムに照射しながら、茫洋とした意識を直射してくる。芦田先生、いや、モリか。

誰かに呼ばれたような気がして、後方を振り返った。ダウンタウンの遠くに林立していた巨大な摩天楼が、この町特有の濃い霧に包まれ始めていた。

パレードが終わった。人々が三々五々道路に散る。僕も群衆から離れようと歩き出した。

その時だった。

濃霧のむこうから静かな行進がゆっくりと、こちらへ向かってくるのが見えた。

多量に飲んだデパスのせい？　幻影か。いや、幻じゃない。まだ、残っている行進があったんだ。見ると芦田先生が通りのむこうで、手を振っていた。

「442！」

芦田先生が、大声で叫んでいる。

ひっそりと。だが堂々と行進する老人達。背筋を伸ばし、胸をはり、黒く日焼けした顔で行進してくる。

「フォー・フォーテッ・ツウ！」

誰かが、大声で大向こうのような掛け声をあげた。まばらな拍手がおこる。欠伸をこらえて異物を見るような日系人親子の側で、僕は何かを感じていた。

この一行だ。確かにこの一行だ。僕の内で声がした。

灰色のズボンに、同色のキャップ。手にはプラカード。舞台名の下に、かかれた文字が僕を捕らえた。

――ノウ・ノウ・ボウイ――

老人の中に、あの日、ホームでモリが声をかけた男の姿があった。開襟シャツの半袖には、片方の腕しかない。ロスの微風に片袖を揺らしながら歩いてくる。

一歩も止まらず。

一度も振り向かず。

ゆっくりと、前のみを見つめ、大地に二本の足をしっかとつけ。彼らだけが船の舞台に乗っていない。モリがラムネを飲み干し、いった。

「ノウ・ノウ・ボウイ。アメリカさんにもならねえけど、日本人にもならねえってさ」

「ノウ、ノウ?」

あどけない、子供が、モリの口調をまねて呟いた。振り鉢巻きの若い母親が、バギーに乗ったわが子に頬ずりしながら、彼らの功績を讃えている。

無言の行進。

気がつくと、僕は沿道からゆっくりと歩きだしていた。

「正ちゃん、なにしてんの!」

先生の声が背後から僕を叱った。

この人達は確かに僕の祖先じゃない。そうわかりつつ、僕は彼らと深い、いわば血の繋がり以上のものを感じていた。

アスファルトの道路。太陽に落とされた木陰の側を、彼らは、黙々とただひたすらに歩いてくる。

僕は、老人達をゆっくりと追いかける。

老人の足取りは、着実で、確かな時を刻んでいる。

固いアスファルトに、蜃気楼がたっていた。

僕は息せききって、先頭の老人に追いついた。

七五三のように極彩色の着物を着た幼子を抱いている。

どこにも力みのない歩みで、悠然と孫を抱いた老人は、日焼けした、折り襞のような深い額の皺を持ち、真一文字に唇を結んでいた。

僕は、老人に追いつきながら、何をいいに、いや、何しにここへきたのかわからず、ただ赤面して、肩で呼吸をしていた。

すると、老父が静かに振り返り、灰色の瞳でじっと僕を捕らまえ、唇を開いた。

「だいじょうぶだよ。安心して君も列に加わりなさい」

Ⅱ

ポソンと足袋

ポソンと丸足袋

小説の取材を兼ねて、韓国舞踊を習い出して三カ月になる。大阪の繁華街にある稽古場の生徒には、ニューカマーの韓国人が多い。

「ネェさん、エラうまいやんか」。時にオーバーに大阪弁で褒《ほ》めてくれるのだが、四十代の彼女達は私からすればオンニ（お姉さん）である。髪はポンパドール風にセットしたてでも、素顔にジャージ姿。生徒の多くはミナミの酒場で働いているらしい。十坪程の地下の稽古場は、ダクト管がむきだしでパンチカーペットを敷きつめてある。踊った後は、そこに腰をおろし、車座になっておしゃべりに華が咲く。ハングル文字のついたカップラーメンを啜りながら、子供の学校のことで悩む母親もいれば、携帯電話で客との待ち合わせをしている人もいる。飾り気がなく、陽気で屈託がない。

ところで、長年通っている日舞の練習日と、この稽古がドッキングすることがある。午前中、桧の舞台で鼓を手に舞った後、午後から手巾《スゴン》を持って踊ることになるのだが、そんな日は、扇子の持ち方や、重心の移動等二つの舞いの似ていて異なる点に、改めて気づくことが多い。

日舞の師匠曰く、農耕民族だった日本人は土地への愛着の念が強く、重心を低くして舞うことが多いのだそうだ。そう考えると、韓国舞踊には、騎馬民族の名残を思わせる跳躍のリズムが多いことに気づく。師匠にポソン（韓国のたび）の話をすると、日本の足袋もその昔は先割れしていないもので、丸足袋というものがあったと教わった。どういう経緯と時間が流れて双方が生まれてきたのか。悠久の時に思いを巡らすのも又、楽しい。

韓国舞踊では、踊りによっては口を大きく開けて笑う、日舞からは考えられないことで大陸的な民族性を感じるのだが、そんな笑顔よしのオンニ達も、先生が一声かければ、在日の老人ホームや、日本の刑務所に慰問に出かけ、ボランティアで歌い、踊る。

「うちら年とったらどこ行きますか？　やっぱりここ入りたいでしょ。入る他ないでしょ」

セットしたてのアップの髪を揺らし、スプレーの強い匂いを放ちながら、老人ホームの本を片手に真剣な表情でオンニがいう。彼女達の多くにとっても、終の住処となるのは、やはり日本なのだ。渡日歴十数年のある女性が、「うちもな、本国帰るとああ、ここはもううちらの住むとこやない、そない思うことある」。ぽつりと漏らしたことを思い出す。私からすれば「本国」そのもののような意識の濃い女性だった。

人の意識というのは、知らず知らずのうちに、住んでいる土地に根づいていくものだ。言わば日本人と同系色の我々はそれ故多くの問題を抱え、矛盾に晒されていく……。いや、だからこそ人生は多角的になり奥深くなるというべきか。鼓の音に背筋を伸ばし、胸高に締めていた伊達締めを解いて、チマの下に風を孕むのも悪くない。丸足袋に思いを馳せつつ、ポソンを履く今日この頃である。

ポソンと足袋

韓国の足袋は先が割れていない。ポソンというのだが、日本のそれと似ていて異なる。韓国人はチマ・チョゴリを着る時、この足袋を履く。

一昨年、「贋ダイヤを弔う」という自身の小説を自ら劇化し、一人舞台として上演する企画があった。戦後五十年に当たっていたこともあり、作者の私自身が、韓国と日本の舞踊を披露したのだが、実はその中で、私はちょっとしたいたずらを仕掛けていた。

それは、着物で日本舞踊を踊った後、チマ・チョゴリで踊る時に、ポソンを履かずに足袋のまま踊るというものだった。チマ・チョゴリに足袋というのは奇妙ないでたちなのだが、遠目に見れば二つの違いなど分からない。何より、長年日舞を習ってきた私にとっては、白キャラコの五枚こはぜの足袋が足になじんでいる。だが、韓国舞踊の方は、四カ月の付け焼き刃で練習したため、首がおかしいと本国の先生に最後までしかられどおしだった。

ある日のこと、その原因が、長年習った日舞の首振りの型にあるらしいと気づいた。私は衝撃を受け、ついで苦笑し、自分の癖が愛しくなった。日本で生まれ育った在日三世の私にとって、母なる大地は日本だ。だが、私のルーツは韓国にある。父祖なる韓国と自分を培ってくれた日本。ポソンと足袋。その両方を履けること、二つの国を肯定できるということは、実は幸福なことかもしれないのだ。

初めてチマを着けて父祖の国の舞を踊りながら、私は広い意味でのダブルであることを願っていた。チマの内に仕掛けたいたずらに、二つの国への思いと、ささやかな祈りを込めていた。客席にいたどれだけの人が、気づいてくれたかは分からないけれど。

二律背反の苦悩

「あの人はどうして、日本に帰化したんでしょうか」。訴えるような眼差しのグェンちゃんにそう聞かれて、私は喉を詰まらせた。彼女が言ったのは、グェンちゃんの両親と同じ船で、ボートピープルとして日本にやってきた某ベトナム人女性のことである。

二人はベトナムのある村で隣人同士だった。十八歳になるグェンちゃんの母語は日本語だ。肌はやや褐色がかっているとはいえ、丸顔の愛くるしい顔だちは、日本人の女の子だといっても通るだろう。

そんな彼女は、高校では名前が長すぎる、とミドル・ネームを削られたという。調理実習の時間には、お前の包丁の持ち方はおかしい、と先生に怒られた。ベトナムではこうなのに。悔しい思いをした。学校では「ベトナム人、ベトナムに帰らんかい」といわれる。家に帰れば、父親には「家ではベトナム語をしゃべらんか」と怒鳴られる日がある。

在日コリアン三世の私にとっては、昔の在日の話を聞くようで、胸が痛む。時代は流れても、二律背反に苦しむ世代の葛藤は同じなのだろうか。

「まだ、ベトナム行ったことないけど、いつか祖国に帰りたいと思います」。彼女の言葉に、私は黙する他ない。戦後、地上の楽園を夢見て帰国した、父方の伯母の写真が脳裏をよぎる。

十八歳。夢もいっぱいあるだろう。なりたい職種につけるとも限らない。普通に日本人と恋をすれば国際結婚だ。子育てにも複雑な問題が生じるだろう。

それでも、日本に生まれ育ってよかった、彼女にそう思える日が来てほしいと願わずにいられない。それをかなえてくれるのは、違いを認めあえる日本の社会だと信じたい。

生と死の匂い

そのおっちゃんが銭湯で倒れて意識不明だと聞かされたのは、春も近いある日のことだった。おっちゃんは、一世の祖父の無二の親友で、我が家の近くでマッサージ業を営んでいた。左目が悪く、背丈は百五十センチもない。坊主頭で年中白いトレパン姿。ハーモニカでスーダラ節を吹いてくれたり、花札でぼうずめくりを教えてくれたりした。

小学校で心ない差別語に悩んでいた私は、中学は遠くの私学を受験するつもりだった。受験近くになったころ、仏教徒だったはずのおっちゃんが突然マリア様の絵を買ってきて、「ますみちゃん見てみ。お守りや」と言い出した。遠慮のない母などは「おっちゃん神さんづいて、死なはんのと違う」といったのだが、母の冗談が本当になったのは、私の合格発表の日だった。

銭湯で倒れたと聞いた時、私はあんまりおっちゃんらしくて吹いてしまい、しんみりしたのは病院についてからだった。リノリウム張りの廊下を、父に手をひかれ歩いていくと、高校生だった末娘のテルちゃんが、真っ赤になった目と鼻を擦りながら、「ますみちゃん、受かったんやってね。おめでとう」と笑った。おっちゃんの下の世話は、みなテルちゃんがしているらしかった。

病室では、おっちゃんが大鼾をかいて眠っている。目を閉じ大口を開けたおっちゃんは、別の世界で遊んでいる小僧みたいだった。涙をぬぐい、とっぷりと日の暮れた外に出た。雨上がりの生暖かいしんめりとした空気には、春の匂いがした。夜気の混じった風は、生あるものの気配に満ちている。私は春を胸一杯にためながら、涙を拭いて笑ったテルちゃんの顔を忘れまいと誓った。十二歳。生と死の匂いは、大人の世界への入り口でもあった。

二人の祖母

父方の祖母は、渡日後、八人の子を成し三十三歳の若さでなくなった。遺影にはチマ・チョゴリ姿で写っている。豊かな黒髪を束髪にし、黒目勝ちの大きな瞳と、整った鼻筋を持つ美人だ。八月十八日が命日である。盛夏の祭祀《チェサ》は、直系の長男である父がとり行って来た。暑い盛りにチヂミ等を作るのは大変な作業で、母や叔母達が汗だくになって、白布をかけた二台の膳に供物を並べると、熱気とごま油特有の臭気に仏間は満たされたものだった。

祖母の命日の場合、祭祀は夜中の儀礼だった。子供達は夏休み中ということもあって、従姉妹と騒げる。祭祀の後、供物の一部を集め、鴨川に手向けるのだが、夏の宵、京都特有の蒸し暑い夜気に包まれ、清流にそれらを流すのは、何か秘めごとめいた楽しさがあった。

それが幾つの頃からか、自身の出自を知ってからは、祭祀そのものが忌まわしく、私は何かと理由を作って避けるようになっていった。

父はチマ・チョゴリ姿でゆったりと買い物する祖母が、日本語が不自由で石を投げつけられたりするのが、悔しくてたまらず、飛びかかっていったと話してくれたことがある。

その祖母に母は会ってきたという。私の結婚が遅いことを心配した母が、巫女《ムダン》と山にお参りしたところ、この父方の祖母が現れ「真須美の結婚はちゃんとしてあげるから、安心しなさい」といったらしい。異郷の地で死出の旅路の衣装も満足に着れなかった祖母は、母の持参したチマ・チョゴリに、「嫁にこんなものを誂えてもらって、うれしや、恥しや」といって衣装を燃した煙と共に去っていったのだという。

ところで、母方の祖母は九十歳過ぎて健在である。孫の中でたった一人、私だけが民族衣装を着て嫁いだ。それは二十八年目にしての私の〈本名宣言〉でもあったのだが、挙式前、「お祖母《ばあ》ちゃん、私ね、式でチマ・チョゴリ着るの」というと、「なんで今さらそんなもん着んねん」といって苦渋に満ちた表情でプイと横を向いた。だが当日、冠《チョクトリ》をつけ、大礼《クンジュル》する私の姿にスタンディングオベーションして喜んだのはこの祖母だった。

終戦の年の八月十五日には、「解放や、ヘバンや」といって泣き叫んでいたと聞く。

戦後五十年の年に父方の祖母の五十回忌がすみ、盛夏の祭祀もなくなった。なのにこの頃無性に私はこの祭祀が懐かしい。あの時の原体験が、今の私を支えてくれている。そう思うと、祭祀を見せてやることは、四世の我子達への大きな贈り物のような気もしてくる。

五十六年前〈解放《ヘバン》〉を叫んだ祖母と、その同じ年に短い生涯を終えた祖母。〈光復節〉の季節は二人の祖母に我がルーツを思う季節でもある。

哭の深さ

彼女は自分で名前を告げた直後に倒れたという。雨の中、オートバイを運転していての交通事故だった。加害者の運転手が病院に運んだが、すぐに昏睡状態になった。化粧けの無い肌は抜けるように白く、西洋人形のような目鼻だちのその人は、大学のゼミ仲間だった。優秀だったが控えめで、笑みをたやさない人だった。

脳死状態の彼女を同級生達が次々と見舞いにいった。名前を呼ぶと、意識のない筈の彼女が、一筋の涙を流すのだという。ノートを貸してもらったり、卒論を一緒にしたりという間柄だった。なのに私は見舞いに行けない。事故を予測する筈もなかった彼女が、日記にもっと一生懸命生きたい、などと書いていたと聞いただけで、とても現実を見る勇気が出なかった。見兼ねた友達がついて行くから、といいだした。やっとの思いで見舞いの花を注文し、出かけようとした日の朝、友人から電話が入った。

たった今、旅立ったという。心やさしい彼女は、意気地なしの友を気づかってそっと別れを告げたのか。花束は大学近くの、鴨川の清流に手向けた。葉桜の季節だった。透明な水面に、桜の花びらが幾枚にも散っている。

友人は、彼女には同棲していた恋人がいたといった。在日との同胞結婚の為、恋愛御法度だった私にとって、彼女が大人の恋をしていた事実は、深い驚きだった。他の友人と違って、彼女は自分と同じく未だ恋を知らないものだと決めつけていたのだ。葉桜を眺めつつ、愛する人を得て、この世を去らねばならない心中を思った。彼女のことだから精一杯恋人を愛していたことだろう。そう思うと、せめてもの慰めのような気がしてくる。

韓国に哭き女という仕事がある。葬式で、声を振り絞って慟哭するのだが、カソリックの大学の営んだ葬送の儀の、彼女の母親の泣き方はそれに近く鮮烈だった。哀しみ、無念さを通り越して、鬼子母神の怒りのように凄まじい。生徒達は呆気にとられた感だった。

讃美歌が流れ、今を確実に生きている生徒達の祈る姿を前に、母親は痛切に娘の不在を感じていたのだろうか。本人達が意識していない若さそのものが、罪ともなった季節だった。

二人の子の母となった今、解るような哭の深さ。未だ墓前に参れず、十七年が経つ。

父との別れ

父が逝った。納棺の品になったのが「新潮」三月号に発表した「羅聖《ナソン》の空」。なぜかこの作品だけは父に見せなかった。自慢屋だったから、親バカぶりを見るのがテレ臭かったこともある。在日三世の心の葛藤を読めば、二世の父はつらかろう……という思いもあった。

若き日の反日感情をバネに、一代で成功した人だった。京の四季の中、我が家の食卓には、軆落としの横にキムチが並んだ。紫檀の箪笥の上には、ひっそりと青磁の壺が置かれているといった具合。ある日、薪絵の手文庫に納められた一通の手紙を見た。事情があって、六〇年代に朝鮮民主主義人民共和国（北朝鮮）に渡った父の長姉からのものだった。ほどなくして、私も自身の出自を知った。他者の言葉からだった。暗黙の合点がいった。

だが、長じて私が習いだしたのは、日本舞踊である。人の心はその血を培ってくれた土壌に滋養を得るものだ。ただしそんな私が恋をすれば、親世代への謀反となる。長い葛藤の果て、二世の夫と見合い結婚した。晴れの衣装は、白無垢ではなく五色のチマ・チョゴリを選んだ。ひな壇から見た父のうれし恥ずかし笑顔。娘可愛さに、本名を使わず生きてきた人の本心を見るようだった。

葬式の後、自作のすべてが父殺しの話だったことに気付く。新作を発表して、やっと長いトンネルの出口が見えそうだったのに。「お父さん、ごめん。ごめんね……」。いくら詫びても父は帰らない。

葉桜の季節、桐の箱に納まった父の体躯は、偉丈夫だった。新たな旅立ちの衣装は、正絹のお召しに絞りの帯。どちらも後年父の好んだ品だ。体にしては、やや小さめの白足袋が目に鮮やかだった。

葛藤はあれど、二つの国にまみえられたのも祖父母が渡日してくれたから。六十四年間の幕を閉じた父もまた、この日本で深く人生を思索したことだろう。しばらくは、キャラコの足袋が目に染みる。

わたしとおかあさん

その昔、京都の北山通りにある一角は十二間通りと呼ばれていた。一町に十二軒の家が建つことからついた名だが、嫁入りした日、母はその通りを純白のウエディングドレスの裾を持ち、「私も帰る」と言って、号泣したらしい。宝塚歌劇とジャズが好きで、夢見る乙女だった。

父とは在日二世同士の見合い結婚だった。後年、父がある女性と火宅の人となったときは「真っ白なドレスをきて嫁いだのに」と泣きじゃくっていたが、その言葉に象徴されるごとく、置かれた環境に染め上げられていくことで強くなっていった人だった。

漢方医だった祖父はかんしゃく持ちで、よく座卓をひっくり返したが、母は黙々と料理の皿小鉢を拾っていた。それでもたまに耐え兼ねてか、今日は近くの銭湯に行かせていただきますと言って風呂おけを持ったまま実家に帰り、祖母にたしなめられては又事なきように、舅、小姑のいる大家族に仕えたようである。

「人に出来て、自分に出来ないはずはない」が信条で、愛情が深く、四人の子供たちにはそれぞれ手製の衣類を作ってくれた。常に全力投球、真剣勝負の人だった。幼少期の私は、駄菓子屋で菓子をツケにしては賀茂川のほとりで食らい、けんか相手の靴をどぶ川に捨てた後は、物語を一つ創作して演じてみたりといたずらが絶えなかった。そんなときは、ハタキで打擲された。理性的というよりは、直情的なしつけだった。

父は豪放磊落、一代で財を成した人だったが、情にもろく、人の保証人になってはよくだまされた。そんなときも、父を励まし再起させてきたのは母である。表舞台で脚光を浴びるのはいつも父だったが、私たち姉弟は本当はだれが真に偉大だったかを良く知っている。

昨年三月、父が旅立った。「自分のことはいいから、すべてお母さんにしてやれ」が、還暦後の口癖だった。「お父さんずるい」と気丈な母は涙したが、四十二年前の母の純白のドレスは、父の人生そのままに染め上げられ、波乱万丈色だった。

今後は、母の好きな色だけで花束を作り、人生を彩ってほしいと思っているのだが、彼女のことだから、ドレスに合った差し色しか選ばないことだろう。

ドナウ河のさざ波を聞きながら

その瞬間、私は固唾を飲んで、黄色い液体を見つめていた。朝鮮総連のリノリウムばりの床に、みるみる、世界地図にも似た模様が広がっていく。それは沢庵の汁だったのだ。五年前の春、父が急逝して、一週間目の事だった。父方の長姉は、六〇年代に渡朝している。その伯母に、父が残していった、物資を送ろうとしていた矢先のできことだ。

ダンボール箱は九つ。赤子の産着に、日用品、下着に衣類。さらに、重い一斗缶が七つ。その一つが倒れて、私はやっと中身を知ったのだ。

長男だった父は、六人弟妹の面倒を見ながら、トラックの運転手から身をおこし、その後、事業家として財を成した。その父が、死の直前、孫娘と私に、ある曲をピアノで連弾してくれという。訳もわからないまま、娘と私は、何度も「ドナウ河のさざ波」を弾いたのだが、父の死後、その曲が、北に渡った伯母を見送る際、新潟の港で流れていた曲と知った。

韓国籍の伯母は、朝鮮籍の教師と恋愛して渡朝した。祖父は猛反対したらしい。長男だった父は、懸命に働き、弟妹六人の学費を捻出しつつ、伯母に仕送りしていた。また、北からは、頻繁に赤と青の縁取りの国際便が届いた。

「ひろし君、あいたいです。あいませう」といった日本語に、いつしかハングル文字が多く混じりだし、それに呼応するかのように、日本語はたどたどしくなっていった。「カレー、たべたいです」。時に藁半紙の文字は、涙で惨んでいた。父の蒔絵の手文庫に収まった手紙からは、異国の匂いがした。姉から手紙の届いた日は、父は深酒をした。

その父が亡くなった朝、伯母から国際電話が入った。「アイゴ、なんだか、おかしな夢を見たのよ」。声は芙蓉の花のように可憐だった。その後は号泣で声にはならなかった。

二世の伯母が、父に所望していた食料品は、雛あられに、ポン菓子、カレーのルー。それに、一斗缶七箱分の沢庵なのだ。〝在日〟という存在の矛盾に、葬式で堪えていた涙が溢れ、声を出して泣き放った。ドナウ河のさざ波が、耳の奥で木霊する。

「お父さん、死んでやっと北へ、南へ、自由に行き来できるね」。嗚咽を見兼ねて、職員の人がハンカチの代わりにタオルを貸してくれた。

人生というドラマは、愛と憎しみの連鎖だ。また、生きていくことは生臭いことだ。だが、最後は、往々にして和解が主軸のテーマとなり、カタルシスがあるのではないか。

時々、父の命日に娘と「ドナウ河のさざ波」を弾く。拙い演奏に心から祈りを込める。この曲は途中から長調に転調する。重々しい曲が、かろやかに、飛翔して空に立ち昇っていくような気がする。

仏壇に手向ける線香の煙と、ドナウ河のさざ波。私には、この両者が境界線を越えたところで、一つに溶け合っているように思えてならない。天界から見れば、地球のどこにも国境はないのだから。

じゃからんだの花枝

キム・ジースーちゃんからの贈り物

「ママ、韓国人のキム・ジースーちゃんがこれくれたの」。六歳になる娘が、そういってうれしそうに、五面太鼓のキーホルダーを見せてくれた。わが家の娘は在日韓国人四世になる。

幼稚園の年長になる彼女には、小学校に入る前には、父祖の国について話しておこう、そう思いながら日を伸ばしてきた。同じクラスにいるニューカマーのコリアンと我々定住外国人との違いを説明するのはまだ難しいと思っていたのだが、理由はそれだけでもない。私自身は通名で日本人学校で一貫教育を受けてきた。在日文学と呼ばれる小説を書きながら、自分の内にあるコリアンの血の実態を、未だ模索している最中である。国籍上、また、血はまぎれもなく韓国人であるわけだが、父祖の国のルーツということと、日本という土壌で生まれ育った在日の特異性をどうやって幼子に話すべきか、未だ迷っていたのだ。

ところで、彼女のクラスには米国やアジアから時折外国人が転入してくる。その都度、娘は大きな瞳を輝かせて、異文化に接した喜びを全身で表現してくれる。子供の気もちは無邪気で、改めて人はどこでどうまかりまちがって、偏見や差別意識をもってしまうのだろうと思う。さて、この場をチャンスとしてどう会話しようか。「あのね、ユリちゃんも韓国人だよ」。いや、これでは、不十分である。ジースーちゃんが外国人なら自分も外国人だ、ということになって彼女は戸惑うだろう。

「同じ名字でしょ、ユリちゃんのひいお祖父さんは韓国からきたよ」。私は、幾つか用意していた言葉を捜しながら、その日もやはりこの問題には触れられなかった。

そんな矢先、市の教育委員会から「外国人の保護者の皆様へ」という書類がきた。小学校入学説明会の出席の有無を調べるものだが、そこには、日本語ができるか否か、ということが尋ねてあった。ふむ、と私は唸った。こういう時、定住外国人の我々は、まあなんと失礼なと思うべきか、いや役所は外国人といえば十把一からげだから仕方ない、と苦笑すべきか、はたまた、ああやはり自分達はいくら日本人化しているとはいえ、この国においてはれっきとした外国人なのだ、と感慨もあらたにすべきか。

いずれにしろ、そこには外国人で一番多い筈の在日韓国人の存在は、忘れられていた。

ところでアメリカにすむ、ジャパニーズ・アメリカンと呼ばれる旧一世達と、渡米歴二十年前後のいわば、新移民と呼ばれる人々の間には、我々定住コリアンとニューカマーの差異によるような軋轢がある。新作のため彼らに取材して、私は新たな発見をしたのだが、それは三面鏡で合わせ鏡を作り、自己を見るように実に興味深い話だった。

日系人三世のジュディさんは、カナダで生まれ育った。彼女は新参者の日本人のニューカマーの英語の発音のまずさや、粗野さ、教養のなさなどをあげた。私と同年代の彼女は、十一歳で日本へ帰国したバイリンガルである。もっている雰囲気もバタ臭いが、華やかな容姿で話す時の、ボディランゲージは白人そのものである。そして数日後。私はロスに移民した四十半ばの新移民、もと女性運動家にもインタビューした。彼女は、アメリカ人の夫について渡米したが、子供二人を残して最近日本へ帰国した。理由はどうしてもアメリカから異化されてしまう、つまりアジアンであることの白人社会への不適応、とでもいうべきか。とまれ、彼女は新移民として米国へ移住しながら、英語が全く上達しなかった。その彼女曰く、日系人というのは、白人よりわかりにくい、彼らは日本人でもなくアメリカ人でもない。全く異人種だ。しかも、自分達、新移民を完全に蔑視している、というのだ。

双方の真意の程は知らないが、彼らの間に複雑感情がさもありなん、と思うのは、自分と本国人との違いを見ればわかる。本国直輸入のキムチは、決して日本風な味つけにはなっていない。私もかつて、親しいつきあいをした彼らとうまくいかなかった経験を持っている。だが、一方で、ニューカマーと我々との意識が同じだと思っている日本人に出くわすことも多い。又、新移民になるニューカマーからは「日本で僑胞《キョッポ》ほど冷たい人はいない」等と聞かされたこともあるのだが、この移民歴の長短による複雑感情は、日系人社会においても同様だった。移民社会に全く同化したように見える定住外国人と、母国の文化、アイディンティティをもち、異国の土壌に浸食されていない人々。私はここで、その是非をいっているのではない。ものごとには必ず裏表があり、これらの存在に関しても必ず両義性はある、と信じたいのだ。

在日韓国人という存在は特異で曖昧な存在である。制度上の差別や、日常生活での不条理があるのも事実だ。だが、そこには、特異だからこそ、二つの国の狭間に生まれたからこそ、得られる喜びもある筈なのだ。そもそも、自分とはなんぞや？などと、アナログな問いを、この時代に考えられる機会を与えられている。

「ユリちゃんのひいお祖父ちゃん達はね、ジースーちゃんと同じ韓国からきたんだよ。だから、二つの国のどちらも深く知ることができるの。幸せだねー。ママは日舞も、それからへたな韓国舞踊も踊れるから、どっちも教えてあげられるよ」。先日やっとの事で、娘にそう切りだした。キム・ジースーちゃんとどう違うのか、と娘は尋ねなかった。そのかわり《幸せ》という言葉にワーイ、ワーイとうれしそうに飛び回った。これからが親子共々本当の勉強だなあ、と思いつつ、責任は重いと痛感している。両義性の、向日性のある面を耕していかねばなるまい。とまれ、ジースーちゃんの贈り物はキーホルダーだけではなかった。

じゃからんだの花枝

薄紫の花をつけた大樹がペドロストリートを彩っている。緻密に発達した枝葉の先には、トルコ桔梗をこぶりにしたような可憐な花が青空を背に満開である。姿形が桜に似た木の名は「じゃからんだ」という。五月初旬。私は取材の為ロスにいた。

A美は漆黒の髪に褐色の肌を持つ日系人二世。カナダに生まれ育った彼女の思考は英語である。幼い頃、家族が箸を使う事や、魚の匂いがいやでたまらなかったという。父が白人の友人の前で日本語を話すと、彼らが変に思っているのではと悩んだとも。だが、「あなたの外見は東洋人よ。彼らは日本人と理解してるわ」という私に、彼女は、「彼らは、ユーは生粋のアメリカンだといってくれたわ」と笑った。

高校生の時に初めて祖国に帰った彼女は、どうしても日本に同化できずに、アメリカンスクールへ通ったと言葉を続ける。だが、両親はそんな彼女を、東洋の文化のすばらしさに、徐々に親しませてくれた。

「それで、ハタチを過ぎた頃、自分の中の日本をやっと受け入れられるようになったんです」。父祖の国への違和感に頷いていた私は、ここへきてハタと不意打ちを食らわされた。人の思考というのは、生まれ育った土壌に浸食されていく。だが、彼女は同化と異化の狭間で、ついに祖国を受け入れられたというのだ。

外にでた。じゃからんだの花が微風に波打っている。桜に似たこの木は、故郷を偲ぶ日系人を慰めつつ、この国で浸食されつつある彼らの日本への思いを年に一度呼び覚ますのだろう。だとしたら、在日コリアンにとっての花はどこに咲いているのだろう。歩道に立ち、花弁を手にした。私の頬は夕焼けに赤く染まっていた筈だが、それはあながち太陽のせいばかりではなかった。

日本語人

「お前ら日本人が何をしたんだ。帰れ！帰れ！」

在米コリアンの老女の怒声が飛んだ。私はカメラを手に立ち尽くしている。ざらついたロサンゼルスの空気に、半開きになった私の口腔が干からびていく。初夏の太陽はじりじりと私の頭を照射している。見兼ねたガイドのSさんが、彼女は実は同胞なのだ、と韓国語で弁解し始めた。

コリアタウンの物売り達を撮ってはいけないと注意されていたのに、私はシャッターを切ってしまった。板を渡しただけの露店には、青い籠の中でチシャがだらりと波型に体を歪めている。なおも、立ち尽くす私に、老女の怒りが爆発する。乳白色のもやがかかった瞳。折り襞のような皺。弁解しようにも、私の唇からは日本語しか出てこない。無言でその場を去るほかなかった。

在日コリアンとして生まれ、渡米したSさんも、ぐったりしている。ヒスパニックの店で、ココナッツのかき氷を買って口にした。甘ったるい汁を吸い、大鋸屑《おがくず》のように味気ない椰子の実を舌に残しながら、私は前日、日系人ガイドのJさんがいった言葉を反芻した。彼女は、多民族国家のアメリカでは、どこの言語を母語としているかが重要であって、国籍というのはたいした意味を持たないといい、「あなたは日本語人ですね」といったのだ。

外国へ行くと、自分が何者なのかをより深く問われる。在日コリアンの場合、それは光のプリズムのように多面的だ。私は日系人を知ることで、在日の意味をとらえ直せないかと渡来したのだが、老女の前に「日本語人」という弁解はとりつくしまもなかった。椰子の実をかみ砕き飲み込む。そのほろ苦さには、果物そのものの持つ本質の味がした。

ミセス・モリキの選択

ミセス・モリキの自宅にお邪魔したのは、八月も中旬のことだった。ロスの日系人の祭りを取材に行った折、書道家の夫人に出会った。白人青年が高価な筆でらくがきしているのを尻めに、辛抱強く指導している。日系二世らしい夫君とは流暢な英語で会話しているが、歯切れのいい日本語に英語訛りはない。

異国で自国の文化を大切に生きている夫人に興味を覚えた私は、突然の取材を申し込んだのだが、夫人は快諾してくれた。

ロスのダウンタウンから国道を走って小一時間、モントレーパークにほど近い、住宅街の一角にお宅はあった。二十畳程のリビングには、夫人が作った人形や、絵さらさ、書等が品よく飾られていた。若かりし頃のアルバムには、茶道や華道でレセプションを行っている夫人の姿がある。

ハワイからの移民であるご主人とは、戦後知りあったという。パイロットになったという一人息子の嫁は、在米コリアンだと知った。朝鮮戦争で父を亡くした嫁は、反日感情が強く、夫人と心を割って話しあえるようになるのに、随分時間がかかったという。

「でも今は無二の親友よ。私たちはコスモポリタンなの」

夫人はにっこり笑って、麦茶を注いでくれた。室にある螺鈿の飾りはベトナム産、紫檀の棚は中国産で、古伊万里の大皿は日本のもの。

どれもがアジアの国々のそれらは、セピア色の空間にしっくりと溶け込んでいる。欧米人には違いそのものがわからないだろう、と考えていて、ふとアメリカ人そのものといったバタ臭い夫君は、日本人意識の濃い夫人に違和感はないのだろうか、と思った。いや、在日が本国の韓国人と結婚するケースもある。移民にとって祖国の香りとは、時に複雑な思いを抱かせても、やはり郷愁なのかもしれない。

望郷の念は？との愚直な問いに、夫人は、「ボーリングパークという場があってね、日系老人はそこに腰をおろし、日本を偲ぶの、でも私はいや、だから今を精一杯生きるのよ」

捻挫で痛めたという足首をさすって、口早に言った。異国で骨を埋める覚悟をした一世の姿に、在日一世の孤独を二重写しにしてみる。

夫とも子供とも外国語でしか会話できない孤高に身を置きながら、ボーリングパークに腰をおろすことを潔よしとしない夫人の生き様が胸に染みた。

ミセス・モリキの選択は、時空を超え在日一世との合わせ鏡でもあった。

ロスの御輿太鼓

藍染めのいせな浴衣姿の黒人が、朴歯の下駄をつっかけ、紙傘を売る露天商をひやかしている。その向かいで、日本人形店を物色しているのは、赤子を抱いたラティーノの女だ。袖なしのワンピースからのぞいた肌が、カリフォルニアの太陽に直射されて褐色に輝いている。八月の中旬、ロサンゼルスの日系人街は、二世週祭と呼ばれる祭りで賑わっていた。

在日コリアン三世の私が、祖父母達の歴史を移民のそれとして辿る時、日系人社会を模索することは、自身の前で合わせ鏡を作るような不思議な妙味がある。

「マミィの食べるたくあんの匂いがいやだった」と唇を尖らせる、アメリカ育ちの若い世代。子供はアメリカ人になってしまった、と嘆息する親世代の声。定住者となった旧移民と、ニューカマーの日系人達とのあつれき。そこには自分達に照射できる幾つもの共通のテーマがあり、また違いがある。

昼食をとるため、私はリトルトーキョウにある日本食堂に向かった。満席の店内の壁には、きつねうどん、柳川鍋の札の隣にチゲナベの札がある。やがて、八ドル五十セントのうどん定食がきた。

関西風薄味に、京都生まれの私は満足しつつ、お握りを一口。あれ?と小首をかしげ、店内を眺めた。大振りの扇子の横にかけられた瓢箪……。あれは確かに韓国のパガジ(瓢箪)だ。派手なアロハシャツに身を包んだ白髪の店主は、六十歳前後といったところ。いかにも日系人らしいバタ臭い雰囲気だが、この店主は実は静かに自己のルーツを主張していた。というのも、お握りの海苔には、ひかえめだがゴマ油がぬられ、そこに塩をまぶしてあったのだ。それは気づかないほどの量だが、やはり韓国式海苔巻きに違いなかった。

渡米した在日コリアンの多くは、やはり日系人社会に生きている。組織を脱退し移住したもと運動家。一九七〇年代、就職差別などの問題から渡米した二世達。彼らの多くは、本名を使わずひっそりと日系人社会で生きていた。すぐ、近くにコリアタウンがあるとはいえ、日本に生まれ育ったコリアンはやはり、日系人社会に生きざるを得ないのだろう……。

広場では大勢の若者が太鼓を披露していた。あれは韓国の担ぎチャング？と驚く。若者達が肩から太鼓を斜めがけにして、撥で打ちながら踊っているのだ。いやそれにしては太鼓が大きすぎる。よく見ると、沖縄県人会の幟があった。なるほど、沖縄なら父祖の国とは近かったはずだ。こんな、些細な違いに惑わされるのが、異国にくると実におもしろい。言い換えれば、我々の差異というのは、外国に出ると脅されることになる。

今回、税関で起こったトラブルもその一つだ。うっかり仕事用のビザで観光ツアーに入っていた私は、入国で足どめをくらった。長い押し問答の末、私の英語力ではだめだと判断し「日本語の通訳を呼んでくれ」というと、パスポートを見て怪訝な顔だ。結局、日本人の係員がやってきて説明してくれ、罰金でことなきをえた。黒人の女性局員が「なんで日本で生まれ育ってパスポートだけ韓国なわけ？手続きがめんどくさいし、帰化しちゃえば」と、肩をすくめた。私は「それは英語ではおろか、日本語で説明することすら難しい。この問題はとても複雑だから、そう簡単に答えはでないのだ」と精一杯話した。すると彼女は、ペンを弄んでいた手をとめ、ふいにまじめな顔でうなずいた。

海外に出ると、自分の存在をより深く、多角的に問われる。コリアン三世でありながら日本人化して育った私の場合、それは実に複雑になってくる。韓国籍でありながら、意識は日本社会に属している、その矛盾を随所で問われるのだ。

パレードが始まった。着物姿のミス日系クィーンが、ココナッツ色の頬を紅潮させている。その中に襦袢も着けず、単衣の着物に半幅帯を締めている女性を見つけた。そういえば、打ち掛けを着て、高島田風に結った女性の髪型も少し変だ。これでは若い日系人達が、〈贋〉の日本文化を覚えてしまう。

そう思案していた矢先、私の右隣にいた中国人の若いカップルに、「アノギョウレツハナニ？」と目前を通る一行について質問された。それは、大名行列に違いないのだが、忍者のような小姓の装束といい、銀髪のお姫様といい、かなり奇妙なものだった。行列が連呼する「ハルヒメサマノオナァアリィー」という文句も何だか冗談のように聞こえる。彼らに、「あれは何かのパロディーよ」と答えたが、カップルは私の説明に怪訝な顔をしている。

きちんとした日本文化を伝えねば。私は思わず沿道から、パレードに向かって走り、一行の一人に「これは何かのパロディーですね」と念をおし、御輿にのったペコちゃん人形のような、銀髪のお姫様を指さした。いやしかし、彼らはしごく真剣だった。

憮然としていると、今度は韓国人親子が、「ピカチュウの団扇はどこでもらえるのか」と、韓国語訛りの英語で尋ねてきた。「それは通りの向こうでもらえるのよ」。日本語訛りの英語で私も答える。親子は、上機嫌でセントラル通りを目がけて行ってしまった。ほっとしたような、それでいて何か大切なことをいい忘れたような気持ちになる。

御輿が威勢のよいかけ声とともにやってきた。ああ、これこそは年代ものの、本物の御輿だ。年季の入った黄金色の鳳凰と、捩り鉢巻きの若い衆に目を細め、一安心した私は、次にやってきたオブジェを見てわが目を疑った。

それは巨大な張りぼてを思わせる大太鼓なのだ。直径二メートルはあろうか、という太鼓の腹。赤いラッカーで塗った胴体には、原色の鯉のぼりの絵が描かれている。それを人々が担ぎ、大太鼓の腹を撥で打ちつけながら、せり歩いている。

ワッショイ！　ワッショイ！　かけ声が、パームツリーの頭上を抜け、空へと立ち昇っていく。私はうろたえ、次に苦笑した。なるほど、これこそが移民した彼らにとっての〈日本〉なのかもしれない。明快な原色で塗られた太鼓に、十二色のパステルクレヨンを散らしたような腕、腕、腕の乱舞……。その国で生まれ、育ち、培われた彼らの意識は、純粋な日本のそれとは違ってきて自然なのだ。父祖の国の伝統を大切にする一方で、その土地に根づいた独自の何かを築いていくのだから。

だとしたら、在日コリアンの私が打つべき太鼓は、どこにあるのだろう。日本で保護色の外国人として暮らす私は、同系色の手で、どこへ向かって撥を振るえばいいのだろう。合わせ鏡に反射された光は、屈折した光のプリズムを作りながら、私の茫洋とした意識を直射した。だれかに呼ばれたような気がして、後方を振り返った。ダウンタウンの遠くに林立していた巨大な摩天楼が、この街特有の濃い霧に包まれ始めていた。

風の盆

香り風景

木炭がコトリと床に落ちた。裸婦スケッチをしていた油絵教室でのことである。当時、中学生だった私は、突然待ち受けていたヌードデッサンに逃げて帰りたい気持ちを押さえて手を動かしていた。

モデルは二十代半ば過ぎの女性で、つやのある黒髪を一つに束ね、化粧けのない顔に、黒目がちの瞳が印象的な人だった。先生に促されるまま、輪郭はとったものの妙に気恥ずかしく、モデルさんの伏せた目と合うはずもない自分の視線が気になり、身を固くして手を動かしていたように思う。

床に落ちた木炭を拾おうとして、彼女の足の甲が光っているのに気づいたのは、どれほどたってからだったろう。ハッとして上方に目をやると、磁器のように白くなめらかな肌の上を、ゆっくりと胸元から一筋の滴が流れていた。

「はい、休憩です」。先生の声で、我を取り戻した私の側を、彼女が足早に通り過ぎた。それは母乳だったのだ。十分間の休憩の後、何事もなかったように彼女は再びポーズをとった。紅潮した頬に、幾分笑みの浮かんだ口もとが、夢のように美しかった。

時折ふと思い出すこの絵には、足の先が入っていない。恥ずかしさで慌てて描いたからなのだろうが、今では愛着のある一枚となった。当時、彼女の心中など知る術もなかった私だが、産後間もない体で、仕事をしなければならなかった彼女の背景へのせつなさよりも、すべてのものを取り去ってもなお、母なることを表現するものに、打たれたのはどういうわけだろう。この絵を見る度、私は甘い匂いを嗅ぐような気がするのだが、香りとは案外そんな個人の作り出す勝手なイメージなのかもしれない。

店先の魔術師

大阪のＪＲ森ノ宮駅。キヨスク前の花屋が目にとまった。舞踊の会に行く途中のことだ。知人の先生に、花束を贈ろうと、列の後ろについた。一束いずれも三百円。ラッピングは無料である。一輪のみを手にした老人や、手に抱えきれないほど束を手にした中年女性……と列は長い。順番は遅々として進まない。ふと見ると、花屋のおじさんはたった一人。せっかちな私はいつもの癖でいらだち始めた。ところが首を伸ばし、花を作るその人の姿を見て、ほーと声をあげた。台座に少し前かがみで花を作る。その立ち居振る舞いに魅了されたのだ。束をほどき、花のたけを決め、取り合わせをみて、紙の色、リボンの色と選んでいく。あらかじめ用意してあるラッピングの紙の裁ち方は、まるで王のマントを作る熟練の職人のごとし。花を包み、飾りリボンをすいと引っ張れば、パリのポンピドー広場に立った魔術師のごとく、やすでの真紅のリボンが薔薇の形に早変わりする。

痩せた体躯の動きはなめらかで、無駄がない。体全体を使って花を作る姿そのものが、芸になっている。誰一人文句を言わず、自分の番を待っているのは、つましい身なりの花屋のおじさんの、一連のよどみない動作、心の込め方に何かを感じたからだろう。

幸田露伴は、愛娘・文に体全体を使って仕事をしなさい、と教えたというが、人が全身を使って何かに打ち込む姿は、殺伐とした現代にあってもやはり文句なく美しい。

紫色のカスミソウとフリージアが、化粧直しされて、私の手元にきた。花そのものは、たいした鮮度でもないのに、気持ちがふっくら満たされる。

森ノ宮の魔術師が手渡してくれたのは、花だけではない。

浄満さん

「浄満さん」というのが、この地方での呼び名だそうだ。九州は日向の国。天台宗の琵琶盲僧である。真鍮の月と星を嵌め込んだ琵琶は、飴色に変色していて、木肌に染み込んだ「浄満さん」の年月を想わせる。扇型の撥を持ち、浄満さんが仏法説話を吟じ出す。

朗々とした歌声は、浪花節に深みを与えたようでよどみない。琵琶一つを背に、一千件近い檀家の、各家を回るのだそうだ。家屋敷の不浄を清め、床の間に向かって歌うのだという。家人の多くは、時に忙しく野良仕事をしながら田畑で歌を聞く。

感心したのは上演後。酒肴の席での奥さんだ。刺し身に素早く醤油をつけ、天ツユの味見をし、たばこの残りを確認している。「お若い奥様ですね」といえば、「いえ、浄満さんと同じくらい」と答えられたが、後で十五歳下と聞いた。子どものころから、山の上から聞こえてくる「浄満」さんの歌声を聞いて育ったのだという。声の聞こえない日は山を上って確かめた。縁あっての見合い結婚だが、奥さんも一時期、失明するかもしれないと言われたらしい。

学者先生達が、仏法説話から釈迦入滅時、果ては文化人類学へと論争を始めたが、「浄満さん」は黙々と寿司を食らい、奥さんは淡々と世話を焼く。

食後の縦笛が圧巻だった。片方の鼻の穴に笛をつっこんでの、鼻笛だ。時折リズミカルにアイの手をいれながらの「月が出た出た」である。吹き終わっての瞬時の間。してやったり、という破顔がすばらしい。ほっとした表情のGパン姿の奥さんと、肌シャツに黒衣の「浄満」さんが、夜道に寄り添うように佇んだ。夏の宵。淡く香ったのは半夏生である。

風の盆

濃紺の天空を背に、清潔な稜線を持った山々が横たわっている。水かさの低い井田川の支流を挟んで、人々は三々五々にゆるやかなこう配を上がっていく。

とっぷりと日の暮れた富山県の山中。ここには、風の盆と呼ばれる祭りがある。

鮎焼きの匂いのする町中を、人並みに押されながら進む。雨上がりの石畳に、ぼんぼりの地灯《あか》りが橙色に落ちている。その両脇には、しもたやが軒をつらね、どこからともなく三味線の音が聞こえてくる。

ちぢみのステテコ姿の男衆が、揃の藍染めの浴衣を身に付け踊る。黒足袋に法被姿の若者は、茶髪にすげ傘をつけた。未婚の女性たちは、半月型のすげ傘の赤い紐を顎にかけ、束ねた黒髪の左右に紐を交差した。後には、ひたすら幻想の踊り手がいる。

胡弓に三味線が入り、絞り出すような声のおわら節が流れると、町流しの風の舞が始まった。豊年を祈り、恋を唄う。

観光客の視線は、物見遊山とも違う。遠い昔に、捨て置いたものを見つけにきたかのように、その目が切実で、もの哀しくみえたのは、ぼんぼりの灯りのせいだろうか。

年に一度の祭りだが、町の人は決して、浮き足だったりしない。客目当ての商売もほんのわずかである。時間がくれば、踊り、雨が降れば部屋に戻る。すげ傘の下では、白いうなじと、少し開いた口腔の奥に並びのよい歯がみえかくれする。細い指先は、豊年の祈りを捧げ、風をおこして舞いながら、現代人が捨て置いた心の古巣へといざなっているようにも見えた。

越中八尾、風の盆。

風の舞は、今年も微《かすか》な涼風を、人々の心中深くにまいていく。

〈福〉のゆくえ

知人に誘われ、霊験あらたかなお守りがいただけると聞き、京都の比叡山に詣でた。その参道は新緑の木々で輝いていた。高僧のお顔はどこまでも端正だった。黒々とした眉の下の瞳は深く、澄んだ湖畔を思わせる。

まずは、境内で説法があり、その後、精進料理をいただき、本堂へと案内された。読経の中、雪見障子には、こっくり居眠りする信者の影。時折、護摩木を焚く白煙が立ち上る。澄んだ冷気。だが、私は落ちつかない。

一刻も早く、有難い〈福〉とやらをもらって退出したい。正座に慣れない私はご祈祷中もうまく集中できない。第一、細い足首に対し、私の尻は大きすぎる。

わが体型を嘆きつつ、待つこと三時間。やっと〈福〉をいただけた。なんと、半紙に包まれた、四センチ四方のもの。表に墨で〈福〉としたためられている。裏を返すと、朱墨でなにやら梵語らしき一文字があった。

これを自分が一番、「幸せだ」と思う家に行って、そっと置いてきなさい。すると、その家にあやかって幸せがやってきます。高僧はそう言われ、橙色の衣を翻して退出された。

さて、凡夫は考えた。どの家にも幸、不幸はある。それはいわば、生と死のように、ネガとポジの関係なのだ。

わざと問答を仕掛けられたのだろうか。感慨深い。しびれた足をさすりつつ、神妙な顔で「しあわせ」について考えた一日。悩んだ末、なぜか〈福〉はいまも我が家に置かれている。

合気道の体験

どしゃ降りの雨の中、えいままよ、とサンダルに素足で出かけた。生まれて初めての合気道の一日体験。あらかじめ、電話で尋ねておいた住所と地図を手に、タクシーで乗りつけた。が、途中、つづら坂に蛇行が多く、道は細く険しく、運転手さんが迷った。約束の時間を過ぎ、ゆきついた先は禅寺であった。真っ暗な道。ぬれそぼつ石畳。経文の書かれた赤い幟。手水鉢には激しい雨が、しぶきをあげている。

身震いしつつ、やっと本堂にたどりついた。電話で「体験稽古に伺います」と伝えていたのだが、胴着姿のその男性には通じていなかったようだ。

「なにしにきました?」と眼光鋭く聞かれ、文字どおり「道に迷いまして」と答えた。

不惑の年を越えての体験入門。肉親の死といった出来事が続き、軟弱な自分を鍛えたくなったのが理由である。

百畳はあろうかという本堂で、ジャージ姿になった。素顔になり、髪をしばっての稽古である。組み手から教わり、最後は木刀を持たせてもらえた。気がつくと滝のような汗。一時間半があっという間だった。

近くのカルチャーセンターから始めればよいものを、どうせならと、本部に行ってしまったのだが、師範は快く迎えて下さった。ただし、入門を願いでた私には、笑って用紙をくださらなかった。グルの眼には、ひ弱な私の本質がよく見えていらしたのだろう。

パンソリの宴

パンソリの宴

大阪の四條畷に「えにしあん」という庵がある。もとは民間の土地もちの邸宅だった。現在は能舞台をつくり、さまざまなイベントに貸し出されている。

そこで韓国の伝統芸能の一つであるパンソリの宴があった。パンとはハングルで場所、ソリとは音の意味で、いわば謡《うたい》に太鼓が入ったものだ。それを歌手一人でやる場合もあれば、二人が別々に担当し、絶妙の間合いを醸し出すこともある。

山麓の木立を借景に、広大な芝の庭が見渡せる数寄屋づくりの庵は、なぜかパンソリの世界によく似合っていた。

この日の歌手は、日本で生まれ育った在日二世の男性だ。偉丈夫の体で、朗々とした声を出し、ハングルで悲恋の古曲を歌った。言葉を解せない私にも、その哀しみが伝わってきた。

最後に、意表をついた出し物を披露してくれた。日本の「ヨイトマケの唄」である。自ら韓国の太鼓を叩き、藍染めの作務衣姿で歌ったのである。これは戦後、日本の労働者の悲哀を歌ったものだ。しかし、私には苦労して渡日してきた在日一世の姿が重なって聞こえた。

みんな板間に座り込み、水墨画の襖絵を背にした歌手の、太鼓の音色にのせた「ヨイトマケの唄」に聞き入った。

歌手は、日本の恨みは「うらめしや」と幽霊になるだけですが、韓国の恨はもっと広大で、恨みを越えて人々を解き放ってくれるものです、といって笑った。

在日二世がパンソリとして歌う「ヨイトマケの唄」。日韓のはざまに生まれた文化の芳醇さを思った。

若狭に響く「イムジン河」

福井県の小浜市に泊という地区かある。今から百二年前、この海岸に韓半島の商船が漂着した。ウラジオストックを出発後、帰国する途中の漂流である。乗組員のすべてが男性。九十三人だった。厳寒の若狭の海に、泊の住民が総出で乗組員を救助した。それから八日後、全員が無事帰国したという。出発の折は、双方が肩を抱き合い、別れを惜しんだらしい。但し言葉は通じない。救出後の会話は、すべてが漢字による筆談だった。

その昔の友情を記念して、二年前に石碑が建立された。そこでは、毎年日韓の文化交流が行われてきたのだが、今年は知人のバイオリニストが「イムジン河」を弾くことになった。

八月の初旬。盛夏の中、泊を訪れた。ここに住む小学校の教頭先生である。先生は長老たちから伝え聞いた物語を大切にしてこられた。初めは単なる伝説と思われていたらしいが、調べていくうちに、事件の証拠なるものが相次いで見つかった。船は解体されて現存しないが、当時のロープや、泊の人々に届いた礼状等である。

「貴国の恩は山の如く海の如し」というのが手紙の内容だ。

当日案内された場所の石碑には、〈海は人をつなぐ母の如し〉と彫られ、その横にハングル文字が刻まれていた。石碑の上には大きな桜の木が大振りの枝を伸ばし、畳一畳ほどの碑をゆったりと抱きかかえるように立っている。その手前には、白と桃色のムクゲの花が微風に揺れていた。ふと見るとすぐ側には、共同墓地がある。ぐるりと柵をめぐらしただけの土葬。雑草の生い茂ったそこには、当時救出に当たった人々が眠っている。

「この風景の中で人は遊び、やがて自分たちも土に帰るんです」

先生は、目尻に人なつこい皺を刻んで笑っている。土葬となった土地の栄養をたっぷりと吸っているのか、墓地に立つ楓の大樹はどっしりとよく肥え、その体には無数のツタを纏い、風にフルフルとはためかせていた。


朝早く、小浜の市長さんがやってきた。近在の人々も三々五々集まってくる。手押し車の老女に、漁師らしいポロシャツ姿の若者。幼さの残る女子高校生達。みな、普段着のまま、散歩に来たように気楽にやってくる。私は一張羅のチマ・チョゴリを着て、汗を流している。遠い祖先の御礼参りに来たような気持ちである。

市長さんがにここしながら、挨拶の後、韓国語の歌を少し披露された。張りのある歌声である。金歯が印象的な市長さんは、在日と同じ日本語訛りの発音である。考えてみれば当たり前のことだが、なんだか楽しい。石碑のすぐ前は道路で、防波堤が巡らされている。私は碑の側に立ち海を眺めた。遠くに連なる小島の向こうに地平線が流れている。空は海と地続きのような青を示し、水面はその反射鏡となって濃い青を映しだしていた。偏西風の加減から、この海には今でも韓国からの漂流物がたえないという。

青空のもと、バイオリン演奏が始まった。南北統一を願った名曲「イムジン河」である。事故の起こった一九〇〇年（明治三十三年）は日韓併合の十年前だったから、当時韓半島は一つの国だった。

「乗組員の故郷は、明川《ミョンチョン》や吉州《キルチュ》等で今の北朝鮮測にありますから、私たちは彼らの子孫とは会えないのです」と教頭先生がいった。バイオリンの音色は、空高く天に溶けていく。

チマに風を孕みつつ、海の彼方に思いを馳せながら聞く音色は、どこまでも伸びやかで大らかだ。

「また来てよ」

日焼けした青年が、恥ずかしそうにバイオリニストに手を出した。

「どないなってますのや、その下は」

手押し車の老女が、私の衣裳を珍しそうに聞いてくる。本国人ではない私が、遠い祖先の代表を気取っているように思えて、汗が滲んでくる。演奏後は、先生のお宅で、今度は先生自らがギターで「イムジン河」を聞かせてくださった。団塊の世代の先生は、自分も海から渡ってきたような気がする、といわれた。車座になって聞く歌声はまろやかで、邪気がなく、この地の人々の魂のような気がしてくる。日本人の友人たちが唱和し、在日コリアンの一人が、韓国語で歌い出した。派手な民間外交や、ワールドカップの熱気もよいが、素朴な人々の交流が日本海沿いのこの地にもあった。地道な人々の交流が、いつか海を越えていくと信じたい。

済州島をゆく

黒い岩を洗う水しぶき。砂の上では、茶色い毛並みの馬たちが、太陽の強い日射しを受けて遊んでいる。

韓国の済州島に取材に行った。この島は、その昔、歴史的な悲劇があったところだが、島民の多くは人柄がよく、丸い顔に笑みをたやさない。

東洋のハワイともよばれ、民家のつくりは瓦屋根で、石塀も低く、沖縄によく似ている。火山島なので海と山の両方が堪能できる。祖先は慶州北道出身にもかかわらず、私はこの島が好きだ。

浜辺には、するめいかが天日干しされていた。「貴婦人の手袋のようですね」といったところで、売っている海女には通じない。私はこの年になってもハングルを話せないから、日本人観光客としての会話が続く。

「ヤスイヨ、ヤスイ」。潮焼けした顔をほころばせながら、海女はひたすらそれをくり返す。確かに安いのだろう。初恋の人に想いの通じなかったような切なさを感じつつ、紙幣を渡し、するめをうけとる。甘くて、ほんのりしょっぱい。

砂を洗う波間のしぶきは、足もとまで届きそうだ。ふと、山に眼をやると、小粒の雛あられをまいたようなレンギョウの花。

三世にとっては、既視感のある異国だ。するめを小袋にしまった。昔懐かしい匂いが鼻腔をかすめる。

韓流ブームと在日は、いまだ遠いところにあるのかもしれない。

夫婦の墓

韓国の済州島を訪れて気づくのは、その山肌に抱かれた墳墓の多さである。なだらかな稜線を持つ山尾根は、腕枕をして横たわる女性のようだ。大らかで淀みがない。

そして、いたる所に石で囲っただけの四角い敷地がある。石灰岩をのせて作った素朴な囲いだ。そばでは、ゆったりと馬が草をはんでいる。

ガイド役の在日一世の金さんは、

「まわりを石で囲んでいるのは、馬が供物を食べに入らないようにです」と教えてくれた。

なるほど。素朴な墓を眺めつつ、私は回りを歩いてみた。二基並んでいるのは、夫婦の墓だという。

大いなる山に抱かれ、母なる大地の下に眠るのはどんな具合だろう。墳墓は御先祖様がひょっこり土から顔を出したようで、丸みがあり、温かみがある。

金さんは二十歳すぎから、日本で過ごしてきた。いま五十歳をすぎ、日本での年月がこの島より多くなった、と嘆息した。自分が死んだら、この島に弔ってくれといったところ、日本にいる二世の息子さんに、何でそんな遠くに墓を作らねばならないんだ、といわれたという。

私の父も、一世の祖父との間にそんな葛藤を持っていたのだろうか。急逝した父を思う。

三世の私にとっては、日本が終の棲家だ。故郷の京の山々、賀茂川の清流が瞼に浮かんだ。ふと見ると眼下に、濃紺の湾を抱きかかえるようにして菜の花畑が広がっていた。

Ⅲ

崔承喜のこと

半世紀以上昔、植民地時代の朝鮮から渡日し、日本中の観客を熱狂させた舞人がいた。朝鮮人がみな「皇国の臣民」とされた時代に、海外公演で「コリアン・ダンサー」と名乗り、創氏改名令の出た後も、本名で活動を続けた舞人。「伝説の舞姫・崔承喜《チェ・スンヒ》」。

藤原智子監督は、当時の関係者へのインタビューや、舞踏のフィルムを織り交ぜつつ、伝説の人の足跡を、現代韓国の舞踊家、金梅子《キム・メジャ》氏に辿らせている。

崔承喜は一九二六年、当時世界的に活躍していた日本人舞踊家、石井漠との出会いを機に、一人、玄界灘を越えた。時に十五歳。天性の美貌と才能に恵まれた崔は、石井門下生となり、朝鮮の伝統舞踊にモダンダンスの要素を取り入れ、世界へと飛翔していった。

だが栄光の陰で、その人生は波乱続きだった。一時帰国した朝鮮で、共産主義者だった安漠と結婚し、長女をもうけるが、夫は抗日運動で逮捕される。日中戦争の勃発した三七年からは、欧米各地で公演。ピカソやロマン・ロランらの文化人を魅了したが、アメリカでは在米コリアンの抗日運動によってふたたび公演が中止になり、一方では崔が反日運動をしているという噂も流れた。

パリ公演では、自ら「コリアン・ダンサー」と銘打った。帰国の前年に出された創氏改名令を拒否した事実も、映画では触れられている。当時こんな言動をとるのは、どれほど大変なことだったろう。その後も彼女は、帝国劇場で二十日間の公演を連日超満員にして揺るがぬ人気を示した。

当時一世を風靡した「菩薩の舞」の秘蔵フィルムを見た。なだらかな山尾根を思わせる女体の曲線美に、尾根を流れる清水のごときしなやかな手の動き。民族の域を超え、東洋の普遍的な美を伝える作品だ。

が、それ以上に私を深くとらえたのは、粗末なチマ・チョゴリで我が子を亡くした母を演じた「母のなげき」。姉さまかぶりにした手拭で束髪を覆い、大地にしっかと両足を踏んばった母親の姿である。虚空を見つめ、失った我が子を抱き、肩を震わせ、黒々と瞳を燃やす。朝鮮戦争に材を取ったこの作品は、雄々しくたくましい。民族の悲哀を嘆きつつも、汚泥に屹立する葦のような強さに溢れている。

だが、一体〈民族〉とは何なのだろう……。古い町並みの映るモノクロの映像。陽光の反射する朝鮮の屋根瓦。ノルティギ（朝鮮のシーソー）で遊ぶチマ・チョゴリの少女たち。私の五臓六腑にそれらの映像がしみてくる。私のルーツは確かに玄界灘の向こうだった。それらを映画で再確認しながら、三世の私は自分の感性がまぎれもなく日本のものだと感じている。なのに、映画の中の「巫女の舞」に鳥肌がたち長鼓《チャング》の音に心が震える。人はそれこそが〈民族の魂〉だというだろうか。律動の狭間に、舞踊の息のリズムに誘われていくのは、果たして〈民族〉への回帰なのだろうか。

川端康成は崔の功績を、「古きものを新しくし、弱まったものを強め、滅びたものを蘇らせた」という。それは彼女にとって芸術のみならず、異国での生きざまそのものだったようにも思える。日本でモダニズムを学んだ彼女は、民族に根差しつつ、常にその土地の新風を取り込んでいった。世界に出た後も、柔軟に土地の滋養を吸収し、民族にのみ固執していない。

晩年中国で指導する崔の映像が映るが、チマ・チョゴリ姿の中国人女性の髪型は、中国風に大きな花が飾られていた。民族を希求しつつ、その土地の滋養をおおらかに吸収した生き方は、時空を超え、三世の私に〈在日〉の新しい可能性を示唆してくれるかのようだ。ラストでは、金梅子氏が、パンソリと鼓の和韓混合の音に合わせ、地を蹴り、萌黄色のチマを翻して踊る。チマの下に孕む風は、どこの〈民族〉と限定しえない新風だろう。

終戦を慰問先の中国で迎えた崔は、翌年故郷のソウルに帰るが、親日派として排斥され、後に北朝鮮へ越境した。朝鮮戦争当時は北の人民軍の慰問団として南下したが形勢逆転し、逃避行となった。祖国分断のさなか、どんな気持ちで故国を訪れ、慰問団として舞い、またその国から追われていったのだろう。

過酷な時代の荒波を、伝説の人は〈舞〉というオールを放さず漕ぎ続けた。戦乱の中、三十八度線を行きつ戻りつした舞姫が、いまその境界線の揺れる時代に蘇る。

爛熟の女王

大柄の白鳥が一羽、背をむけたまま水面を横切っていく。白鳥の長い腕は、上下に大きな弧を描きつつその上腕は、肘から下の部分とあいまって複雑なS字を描いている。一方で足もとは、細かな波動をたてて静かに前進している。

が、よくみると、美しい白鳥の肢体はすでに若くはなく、その腹部には、微かだがまったりとした肉がのり、その昔使いつくしたであろう筋肉には、熟した柿だけがもつような、成熟のきわみ、いや微爛の一歩手前の極みといったような放香を放っている。

白鳥の名はマイヤ・プリセッカ。伝説上の過去のプリマドンナと思っていた無知な私は、彼女が六十八歳の現役プリマである事を知り驚愕した。五十周年記念の公演をＴＶで見たわけだが、深いスリットの入ったベルベットのドレスをまとい、グリーンのベルトをしめた女王が、ドレスに重ねた波をおもわせるタフタのスカートの裾を払いながら、登場するやいなや、私は我を忘れてこの大人のダンサーの客人へのアイサツ（というべきか、パフォーマンスというべきか）に魅了された。盛大な拍手に答えて、若手ダンサーの間からゆっくりと彼女は舞台正面に進みでると、鷹揚に客人の喝采に頷きつつ、

——ご心配はいりませんわ。——

と、でもいいたげに首をかしげ、ゆっくりと両手を胸の位置でくんだ。大柄なプリマの手は、腕と足の長さを裏切らずかなり大きめである。黒いドレスの中で浮かび上がった白く長い指は彼女の大きな瞳と共に、このプリマのもつ知性と教養、自己顕示欲とプライドの高さ、エレガンスと品位、それら女王としての資質の全てを物語っているように見えた。

瀕死の白鳥とイサドラ・ダンカンの二つがＴＶでの出し物だったのだが、この大人のプリマを見た後では、若鳥のはちきれんばかりのこまかな足の動きや、海賊でピルエットを

何回も回ったあとの女性ダンサーの満足げな紅潮した頬の色はすべて色あせていた。トルコ風の美貌の男性ダンサーのひどく高い、正確なグラン・パ・ド・ドゥもしかりである。マイヤが自分の記念公演でトリを務めず、一番最初に出演したのも、もしかすると、

――ほーら、ごらんなさい、このワタクシの後では、若いメンドリ、オンドリ達ザコドモのダンスなんて目に入りませんでしょ。――

といったいじわるな気持ちがあったのでは、と邪推したくなるぐらい、そのコントラストは激しかった。彼ら、若手が拙かったのではない。あたり前の話だが、大人の成熟のきわみの表現の前では若さが単に幼く見えただけなのだ。

白鳥でのマイヤは足もとのバランスが少し狂ったり、体重の移動にもぎこちなさが垣間みえたのも事実だが、それを補ってあまりある程、彼女の描き出す、複雑かつしなやかな腕の動き、白鳥の優雅な肢体たたずまいは、彼女の内面性という濾過紙をとおしてにじみ出ていた。それに加え、時折みせる首の鋭敏な動きは、このプリマがいかに筋肉を鍛えて今日に至っているかを、しらしめるに十分だった。

モーリス・ベジャール振りつけのイサドラ・ダンカンでは、アブストラクトな踊りの中

で、コマ（或いはマリだろうか）を手にとってマイムのように動きを見せる、その変わりめの表情がすばらしかった。挑発的に官能性と少しのイジワルさをミックスした大きな瞳が動きをもつと、ゾクゾクする程美しい。このひとは間違いなく、本物のダイヤだと客は納得する。コマがまるで見えるようだった、とはいわない。マイムのみに着眼すれば、多少リズムが狂い、動きが早すぎるきらいがあったからだが、そんな事はマイヤを見るかぎり、どうでもいいのだ。

アルフォンス・ミュシャ描くところの女性が着ているような古代ギリシャ風のベージュのドレスのゆったりとしたドレープの横からは、もはや張りきってはいない乳房がのぞいていたが、それでもこのプリマには老いという言葉はにあわないと感じた。

それは成熟の極み以外の何物でもない。第一髪をふりほどき、しどけなくかつ挑戦的にポーズをとるイサドラ・ダンカンにもはや年齢はなかった。

女王は、最後の舞台あいさつにも、若手ダンサーがぞくぞくと客の拍手に答える間、実に、荘厳に最初から登場していた。天がい付のベッドからたれるがごとく、舞台中央から四方に広がるベージュの布ドレープの中で出を待っていた。

舞台袖などというチンケな所から彼女は出てこない。歌舞伎ならせりというところだろ

う。あそこにプリマがいる。と目が釘づけになっていると、ナンタルコト、

——皆様、お忘れじゃないわよね。本物はワタクシ一人ですのよ。——

とでもいいたげに、ゆっくりと、ドレープが引き上げられた中央に、共布のイサドラのドレスをまとったプリマが艶然とほほえんでいたのだ。

エロティシズムは常に知性に裏打ちされていなければならない。

爛熟の限りをつくしたプリマは、ゆっくりと、皆様、御覧あそばせ、とでもいわんばかりに、客人に少しのサーヴィスのつもりか、ドレスの両裾をたくしあげ、汗と努力で磨きあげ鍛えあげた、大人の女の美しい足を見せた。と、客席は見境もなくどよめきのため息をつく。


恐らく、アップナラ・ノン、とでもいったのだろう。少し引き目のアングルで、若いインタビュアーに、一体いつまで踊るんですか。と、不躾な質問をされたプリマは、毅然と、バカじゃないの、あなた。といいたいであろう胸の内を押さえ、

——そんなこと、ワタクシにも解らなくてよ。——

と、答えていた。つけ加えれば、長く踊る秘訣をきかれて、

——あるけど、教えないわ。——

と、にっこりと微笑みもした。

肉体表現者、ことにダンサーにとって、老いは何ものにも代えがたいタブーだろう。これが、絵画や文章なら話はかわるだろうが、自己という肉体を奏で続けることが宿命のダンサーにとって、老成などという言葉はあり得ない筈なのだ。だが、若さと未熟が時に同義語であるように、成熟という言葉は老いという言葉と表裏一体でもある。

肉体表現者である、しかもモダンでなく正統派クラシックというバレエ界でマイヤ・プリセツカがプリマの女王として君臨しつづける時、人は芸術というミューズに見入られた、一人の奇跡の具現者をとおして、本物の美について考察しなおさねばならない。マイヤ・プリセツカはバレエの既成概念を根底から揺すぶりつづけ、訴えているように見えた。

私には、舞台上で爛熟の女王が、大きな瞳のそこから、皆様、何が本当の美なのか御存じ、と尋ねているかのように見えてしかたがなかった。

静かな演劇を生んだ若き稲穂

木々で作られた立方体の空間に平台が三台。高低差をつけて置かれている。ペットボトルや古新聞が雑然と積まれ、その周りを大鋸屑《おがくず》が波のように縁取っている。「どこが正面？」現代美術を思わせるセットに客が戸惑う。舞台は客席よりやや低く、客は三方を取り囲む形で互いの顔を見ることができる。

「新版・小町風伝」は能の「卒都婆小町」の本歌取りだ。永遠に生き続けるという小町の住むアパートに、百日通い続ければ、思いを遂げられると信じ日参する男たち、引っ越しを続ける住人らが加わる。

一大交響曲を思わせる芝居の照明は、地明かりのみ。役者は手を伸ばせば触れられそうな至近距離にいて、観客自身が見つめられているような錯覚に陥る。ふいに、舞台上から人がいなくなる。あるいは、セリフ間の人が虚《うろ》に蹲ったような長い沈黙。それらはモノクロームの画風に、一点の朱赤のような情念となって際立つ。平田オリザの芝居はどこの劇団とも異質でユニークだ。

一九九〇年代に〈静かな演劇〉という言葉を生ましめた平田作品は、柔らかな前衛とも評され、多重になる会話や、音響や暗転がないといった新様式と併せて、現代日本語による〈対話劇〉を提唱し、異彩を放ってきた。

平田は自身の芝居を、「日曜日にプロテスタントの教会にいくようなものです」という。古代、演劇は農村の単調な生活からの発散の場〈祝祭〉としての意味をもっていた。だが、現代は情報過多によるストレスから逃れる場として劇場があるのだと。

「OLがサラリーより高いバッグを購入するのも、情報の氾濫で自分の価値観がわからなくなっている。自分が何を愛していて、どういう人間になりたかったか。芝居を見て、筋より自分のことを考えてもらっていいんです」

アゴラ劇場の事務所内。私に座りごこちのいい椅子を薦めながら、彼は穏やかなアルトボイスで語る。やや前屈みの小柄な体躯。肌にさした血色は少年のようだが、口調は老成した学者を思わせる。

駒場東大前から徒歩数分。商店街の一角に、五階建て、建坪約四十のアゴラ劇場は位置する。もとは父の稲生《さきお》が建てた貸し小屋だった。平田はここで生まれ育つ。オリザとはラテン語で稲の意。食いっぱぐれがないように、と息子の名づけをした戦中派の父は、「人と違っていいんだ。いや、違わないといけない」というのが、子育ての信条だったという。

東大卒の父は、終戦時十六歳。軍国少年から一転して、戦後を迎えた父は、「一つの熱狂やイデオロギーを信じてはいけない」と、一貫して反体制の人だった。

心理学者だった母、慶子が働いていた幼少時、シナリオライターだった父が子育てに関わった。安田講堂にデモを見につれていってくれるかと思えば、ＰＴＡや三者面談にも出てくれる。棚が斜めになっている本棚を作ってくれたり、八角形の畳を考案して特注したり。「五円玉の穴はお湯に入れた時、膨張して拡がるのか狭まるのか。そんな話に親子が没頭できた家庭でした」とは、臨床心理士である姉いなみの弁である。

小柄で感受性が強い子供だった。雪が嫌いで、羽田で飛行機を見ては泣くといった息子を案じて、父は風呂場で素もぐりを教えた。また、自由を重んじる一方で、論理的な思考も早くから求めた。幼稚園児の息子に5W1Hで文章を作らせ、ほしいものがあれば、理由と買ってもらった後の使い道を書かせたという。

幼稚園時代、坊ちゃん刈りが多い中、一人坊主頭。理由は「僕、これ好きだから」。名前をからかわれると、「お米っていうのは、一番大事なんだよ」と堂々と答える。眼鏡を隠されたりしても、飄々としていた。

東大出の高級官僚が多く住む地区。夫の地位を持ち込む母親が多かったが、平田の両親は違った。重度心身障害者の琵琶湖学園の映画「夜明け前の子供達」。映写機をもって上映会を手伝ったのは平田夫婦だった、と当時を回顧するのは、駒場幼稚園の元園長加納京子である。静かだが存在感のある子だった。ある日、空き箱を使って動物園を作ることになった。象の色は？　白にしよう。オリザの言葉に「どうして?」と子供たち。「王者というのは、白が似合うとおもわない?」少年は一人一人を説得し始めたという。

「大切なことは、一人一人の意見を述べて、何が問題かをしっかりと話しあうことです」。ある劇団に招聘されてのワークショップ。岸田今日子を含む劇団員たちに、平田は何度もディスカッションの重要性を説いていく。普通にやると間尺に合わない、という彼の用意したエチュード。会話を重ねていくには、役者は他者のセリフを聞いて、スピード調節しなければならない。

彼の演劇においては制作過程でも、〈対話〉を要求される。換言すれば、個々人が、閉じているのではなく〈ひらく〉ことをしないと、芝居作りもできない。

アームバンドでシャツの袖をたくしあげた平田は、時にクスクス笑いながら、時にペタリと床に座り込み、腰が軽い。指示は具体的で丁寧であり、グループの発表順を決める時も、「ジャンケンで」と座をなごませる。人とのコミュニケーションの取り方のうまさは天性のものだろうか、と古参のメンバーに尋ねると、彼なりに努力して培ったのではないかという。平田本人も、幼少期は一方的に議論で勝つことが多く、どちらかといえば、他者の内面はわからない子供だったという。

そんな彼が、見知らぬ他者同士が出会い、互いが分らないという前提で始める〈対話劇〉を生みだしていった背景には、少年時代の特異な体験がある。

母方の叔父の映画監督大林宣彦は、「こげば走る。風にあたる。オリザは自転車という知覚マシンを見つけたんでしょう」という。はじめは相模原にいる親戚宅ぐらいだったのが、次第に距離が延びた。中学の修学旅行の積立金を、自転車で北海道旅行に使った。中学生でマルクスも読み、成績も優秀だった平田は、東大一直線の雰囲気の中、その頃から敢えて自らの中心を外していく。

頭でっかちを克服したかった、ともいうが、思春期にまず反抗の標的になるのが、旧体制としての親だとすれば、平田夫婦はあまりに出来すぎた両親だったのかもしれない。反抗期のエネルギーは、無意味に浪費されず創造への着火剤となる。

個性的な父に、〈人と違うこと〉を求められた少年は、誰とも違う方法で自立を始めた。まず全日制への進学をやめた。新聞配達所に住み込み、都立駒場高校定時制へ入学。新聞の拡張もした。「新聞を定期的に変える人、景品目当ての人、一定数を掴んでおいて、何週間に一回か顔を出すんです」と平田は笑うが、日本の教育システムと個性豊かに育てられたことの、二律背反があったろうとは、想像できる。

定時制高校では、暴走族と机を共にした。シンナーの匂いが立ちこめ、全日制の生徒の絵を燃やすといったことも起こる。生徒会長が少年院に入り、平田が代役を務めた。「組織だったカンニングをするんですが、教師もできれば進級させたいわけだし、僕は国語だと四十点ぐらいとれるようにして、五通りくらいの答えを用意しておいたものです」。平田は、頬をゆるませる。喫茶店での親子会談。両親が手渡されたのは〈自転車世界一周旅行についての企画案〉だった。「いつか最後に世界を見ようと思ってたんですが、それなら最初でもいいだろう」と発想は常に大胆だ。だが構想を具現化するためには、計画を立て、資金作りをするといった周到な一面がある。父の企画書教育のなせる技だ。「自転車はこげば中心が移動する。彼はその力学を知っていたんでしょう」。大林監督は、当時をそう回顧するが、少年の早い自立は平田夫婦のユニークな子育ての産物でもあった。「幼少から、企画書の書き方を教えたのは私ですから、反対も出来ませんでした」。稲生は破顔するが、古希を前に南極を旅行した夫婦の、オーロラのカーテンの前で笑う写真を見せてもらうと、やはり平田はこの夫婦の子だと納得する。

七九年。百五十五センチ、四十八キロの少年は、片道切符だけで世界に出た。ベニスで「飾り窓の女たち」を眺め、スペインでドン・キホーテを読破し、ジェノバでは、中年男性に求愛されそうになりながら、走行二万キロの旅は続いた。六二年生まれ。高度成長の中、物語不在な時代に育った十六歳の少年が、自らの物語を紡ぎだしていった旅だった。ペダルを漕ぎ、風を受けながら少年は自問する。実際に飢えた民がいるのに、僕は旅を続けていてよいのか？

時代は、ソ連軍のアフガニスタン侵攻、テヘランのアメリカ大使館占拠と激震していた。

少年は、

「僕らは、人類の歴史上まれに見る平和と豊かさのなかに生まれ育ってきた。炎は遠くで燃え盛っていても、僕らは暗闇の中にいないから、それを見つけることはできないのだ」と友人に綴る。

「自分を伝える事の難しさを痛感し、価値観の全く違う人間と出会うことで、人間に対して深く考えるようになったんです」と平田は当時を振り返る。他者と出会い、警戒心を解き、コミュニケーションの取り方を学んだこの時期は、後の創作の糧となる。二十六カ国を走った稲穂が、様々な滋養を得た五百日余りだった。

帰国後、大検をうけ八二年に国際基督教大学に入学。当時ブームだった野田秀樹の芝居に出あう。既に、世界旅行での体験記を出版していた彼だが、作家になるには他者のことがうまく書けない、だが芝居なら登場人物のすべてに、自分を少しずつ投影させられると思ったという。八三年「村の青年団」を旗揚げした。

小劇場界で唯一親に望まれて演劇を始めたと笑う彼だが、演劇を生業と決定づけたのは、父の経営する劇場の困窮にもあった。大学卒業後、経済に疎い稲生を助け、どうにか経営の落ち着いた八七年頃から、自身が演出を始めた。

が、クライ、音楽センスがないという理由で内部から反発が起こる。「星飛雄馬が大リーグボールを作り出したように、僕自身、独自のものを生みだす必要を感じたんです」と平田は笑うが、父の影響ともいえる美文調からの脱却も含め、アマチュアからプロへの本格的な模索の時期でもあった。

彼流の逆転の発想は、演劇上のコロンブスの卵だった。まず、音楽で泣かせるのは自分の本質ではない、と音楽を使うのをやめた。役者が客席に背を向けて話す。同時に何人もの会話が重なる。すべて日常にある行為だが、板の上ではタブーだった。

だが、歌と踊りを多用した八〇年代演劇全盛の中、「どうして、金を払わせて、こんな暗いものを見せるんだ」。まず、友達がこなくなった。集客数は千人から三百人ほどに落ち込んでいく。一方で昨日まで、下北沢で飲み仲間だった同世代の「花組芝居」の加納幸和や「善人会議」の横内謙介たちが、世の中に出ていく。だが、平田は不安になる劇団員に、「この発見はすごいことなのだ、人は十年かかるだろうが、僕たちは五年でなんとか世にでよう」と、いまでは伝説となった仮想五カ年計画をぶちあげた。一方で、自ら夜行列車やバスに乗り発掘した地方劇団を、「大世紀末演劇展」と銘打ってアゴラ劇場に招聘、同時に自分たちの旅公演を行うことで、地方との地道な地域交流を展開していく。

が、時代が、ストイックな手法の演劇に追いつくには、数年を要した。八九年の「ソウル市民」初演時もさして評判にならず、注目を浴び始めるのは九一年の「S高原から」あたりから。九二年、「北限のサル」で岸田戯曲賞に初ノミネートされた。時代がバブル崩壊に向かい、人々が虚飾から目覚めるのを待っていたかのように、九五年「東京ノート」で岸田戯曲賞受賞。観客もまた、装飾過多の芝居に倦み始めていたのかもしれない。

アゴラ劇場の稽古場。平田は青いジャージ姿でパイプ椅子に腰をかけている。膝の上にはノート型パソコン。「そこ、もっとわって入って」「早く入っても焦らない」。時に椅子の上に立ち上がり、淡々と指示をだしていく。怒声も罵声もなく、温厚な教授がゼミ指導しているようにもみえる。平田様式がほぼ確立したという「ソウル市民」。日帝時代のソウルに居住する日本人一家のなにげない日常が描かれる。

日本人の娘が、朝鮮人女中になにげなく、「早く一緒の国になればいいのにね」という。朝鮮人女中に、日本人女中が、奥様は朝鮮のものが全部嫌いなのだといったセリフが続く。

笑いで頬を膨らませる下女役は、何回戻されても同じくらいの笑みを作れる。卓上の菓子などの小道具は毎回きちんと定位置におかれ、俳優たちは、注文に応じて自在に声を調節できる。役者の声は、画家が絵の具を選ぶように多色使いされていて、会話が重なると色のグラデーションが広がる。だが、水彩画のごとく淡い会話で炙り出されていく心理の襞は、深く細かい。それは無意識であるが故に、時に驚くほど残酷だ。「悪意なき人間の罪を描きたかった」というきっかけは、大学在学中、八四年からの韓国の延世《ヨンセ》大学への留学時代がある。折しも、隣国は民主化運動の時代。催涙ガスの洗礼も受けた。「一年間、自分が二十四時間日本人であると意識せざるを得なかった。自分がいる前で嫌いな国は日本だといわれ、それから十数年たった今でさえ、新羅が日本を征服したことをどう思うかと聞かれる。自分たちは歴史を背負わされていると感じたんです」という平田自身、十六歳の時に、ロンドンで自分のテントに石礫を受けた経験を持つ。

平田は、「ソウル市民」を現地で、日本人の役者たちに韓国語で上演させた。役者は、「口から心臓が飛び出すようだった」というが、平田はこの芝居はソウルで演じなければ意味がないのだといった。九三年、日本文化解禁前の凱旋公園。現地での反応は、作品の真意を理解し、好意的だったというが、穏やかな口調や、静かな演劇に拮抗するかのように、彼の言動は時に激しく挑発的だ。行動力も骨太で、華奢な風貌を裏切る。

ただし、作品は決して声高に何かを主張したりしない。「東京ノート」では、近未来にヨーロッパで戦争が起こったという設定の中、美術館で語られるのは親子関係の話だった。アジアの植民地化を罪と感じていない日本人の意識を描いた「南へ」という作品でも、船上で繰り広げられるのは、ブルジョアジーのとりとめもない会話が主だ。ユーモアも交えた作品は、時代を鋭敏に捉えつつ、なにげない会話で、一見口あたりのよい自然さに仕上げられている。

だが、役者の声が普通人とかわらないということは、小声のセリフに能動的に集中せざるを得ない。また、会話が重なれば、どの話に耳を澄ませるのか、複数音そのものを楽しむのか、といった意思決定をするのは客自身だ。「青年団」に安易なサービスを求めようとすれば、客は冷たいしっぺ返しを食らうだろう。静かな演劇は、観客の意識参加を余儀なくする。大胆な発想と自然な演技の裏には、緻密な思考実験を仕掛ける学者の目があった。

十六歳で世界に出た平田は、「僕の一生懸命は通じない」と他者に自分を伝えることの難しさを痛感してきた。「オヤジとコギャルの会話が成り立たない。国家や企業が個人を守る時代が終わりつつある時代にあって、時間をかけて主体的な対話を行うことの意味は小さくはないのです。細分化される現代で、若者にもっと多くの人に出会い、価値観の違う他者と協調していく術を知ってほしい。演劇はそのためにも決して微力なものではないんです」。演劇は決して特別な人の、特別なものではないと説く平田は、幅広い層を相手に日本全国のワークショップに出かけていく。

平田の芝居は、昨年ワールドカップサッカーに伴い「日本代表」としてフランスで上演され、「東京ノート」が仏語で出版された。演劇関係者からは、特異なスタイルの平田作品が代表となったことへの不満や、様式化への危惧も聞いた。だが、価値の多様化する現代にあっては、一つの様式《スタイル》を追究することが、普遍性に通じる扉への鍵となるのかもしれない。

十六歳で、ヨーロッパの厚い壁をみた平田は、いくら日本の凱旋公演にスタンディングオベーションがあっても、それで彼らがアジアの異文化を受け入れたことにはならないのだという。ヨーロッパが世界の中心でないと知らせること。「彼らの芝居が背中を向け、ボソボソ同時多発で話すようになったら、僕らの勝ちです」と微笑するが、ヨーロッパ人に彼らが中心ではないと知らせることは、世界を相手に中心をずらしていくことに繋がる。十六歳から二十年を経た今、再び世界への、今度は往復切符を手にいれた。来年は、彼の芝居をフランスで現地の俳優を使って演出する。

「新版・小町風伝」後の拍手は決して盛大ではなかった。個々人が、何かに納得しつつ、腑に落ちない。あるいは腑に落ちた何かを確認しながらの拍手は、朴訥としていて決して多弁ではない。個人の価値や孤独を、一人一人が引き受けるのが「現代の演劇」なのだろう。「平田さんは、もう冒険をしないんですかと聞かれる。でもどんな冒険にも、長い計画期間と、周りの無理解と戦う時間があるんです。僕にとって、この日常で演劇で頑張るということは、その意味において、まさに冒険でもあるのです」

古代アテネ。市民が議論した広場をアゴラという。十七歳でアテナイに遊学した古来万学の祖、アリストテレスも、現実に足場を求め、対話しつつ経験主義に生きた。現代日本のアリストテレスは、〈自転車〉に代えて、〈現代対話劇〉を携え世界へはばたく。

駒場で育った稲穂は、今、静かに収穫の時を迎えようとしている。

失った手の先

――花の咲くは実を結ぶためなれば――

「女形の歯」という歌舞伎を見た。沢村藤十郎扮する、名女形と謳われた三代目沢村田之助の話で、脱疽で両手両足を失ってなお、芸への執念から不自由な体で扇を口にくわえて舞うという。劇評がすばらしいからと、踊り仲間の名取りの知人に誘われて道頓堀の中座へと向かった。二十四孝の八重垣姫を舞うらしい。いったい、手足をなくした舞の演技をどうするのだろう。両手両足を使えても、あの舞はかなり激しい踊りである。劇場のシートに身をうずめながら開演を待った。

序幕、第一場では、美貌の女形が舞台で事故にみまわれるまでを演じている。田之助が子までなした芸者の弟の医学生がたずねてくる。病床の太夫に一目あってやってくれといわれるが、田之助は相手にしない。そこへ兄がやってきて、わずか十六歳で守田座の名女形になった弟に、もっと芸を磨けと忠告する。だが、そんな兄に田之助は反発するばかり。飛ぶ鳥落とす勢いの田之助に怖いものはない。だが、そんな矢先、田之助は舞台で大怪我をしてしまう。ここまでの舞台には可もなく不可もない。美貌の藤十郎の、女形の艶姿だけが印象に残る。

第二場。田之助は、ついに両足を切断する。病を克服して復帰した彼は、義足で舞台にたち、札止めになる程の衰えぬ人気である。不自由であることの自由さ、失って見えてくる手の凄み、藤十郎の演技がさえてくる。押さえた名演技を前に、私は脈略なく彼同様、手を失くした人々を思いだしていた。

仇名は確か、お藤。彼女の本名は失念した。大柄で、体躯がよくて、笑い声の大きな人だった。器量よしというのではないが、笑顔よしで、バスケットの選手だった。クラスに一人二人はいる、あの人が休むと、妙に授業が静かになるというタイプで、賑やかな行事の委員には、必ず入っていた。運動神経もあれば、度胸も、快活さもある。

ただ、一つ、彼女があきらかに他の生徒と違ってもっていないものがあった。

それは、左手首の先だった。

カトリックの女子中学に入ったばかりの頃、小柄なシスターから皆へ説明がされたのか、或いは本人がつけている義手が自明のことだったのか。二十数年前の記憶は心もとないが、誰も手のことをとやかくいうものはなく、彼女にハンディがあることは普段忘れていたと思う。当時、家庭で心配ごとを抱えていた私は、十三歳のくせに、不眠症で肩こりだった。休み時間ともなると、友達がかわりばんこに肩を揉んでくれる。

そんなある日、彼女が「私、もんであげる」といって、私の背後に回った。無邪気に肩をさわってくれる彼女の顔は、笑った目の奥で、私の反応を伺っているような気がして、私は身構えながらも断れない。第一、断る理由がみつからない。私も精一杯、無邪気に「こってるよ」といって、体を預けた。まだ大人になりきっていない、肉の薄い首筋の素肌は汗ばんでいたことだろう。プラスチックの義手は、思いの他冷たくて、ひんやりとしたのを覚えている。一瞬緊張したのか、あるいは、無意識に体が強張っていたのだろうか。義手は、「なんや、なんもこってへんやん」という声と一緒に、私の肩をするり、すべりおちていった。

原因は、森永の砒素ミルクと聞いていたが、手首の先がときおり蒸れるのか、彼女は義手のつけかえも鼻歌まじりで人前で行っていた。肌色の義手は玩具のミルク飲み人形の肌に似ていた。マネキンの手首のようなそれは、机におかれたとたん、不要になった蔓のように所在なげにみえる。指のない手首の方がよほどすっきりしているのに、と思いながら、当時、通名を用い自分の出自を隠していることが後ろめたかった私には、彼女の明るさが眩しかった覚えがある。

幕間、舞台は暗転になっても拍手が続いている。

第三場は墨田川の土手。ついに、両足だけでなく、両手までを切断した田之助が、自分を殺してくれ、と妻につげる場面である。黒塗の車椅子にのり、黒紋付きの羽織の内で、田之助は不自由な両手を泳がせている。そこにある筈なのに、ないものとして表現される手の動きは、羽織の内で何にもまして雄弁に見える。田之助の黒い紋付きの下の動きに重なるように、あの日、妹の舅となった人のダブダブの背広の長い袖が蘇ってきた。

それは、妹の婚約式の日のことだった。某ホテルで両家の挨拶が和やかにすすみ、結納の品のお披露目もおわって、中華で会食となった。緊張したなかにも、アルコールで華やかな興奮がほどよくまわった頃、食事のデザートにでたのが、れいしだった。赤い痂から、赤子の柔肌のようにとびだした白い果肉を口にしながら、私は、妹が他家の人になるということがうまく咀嚼できない。第一、無愛想な妹の婚約者が、私は好きになれなかった。姉妹仲がよかっただけに、私の心中は複雑で、愛想笑いもぎこちなくこわ張っていたと思う。会食の後、彼のどこがそんなによかったのかと無粋な質問をした。妹はポツリと、

「お姉ちゃん、あの人、お父さんに、れいしむいてあげてたのよ」という。

妹の相手は関東在住の歯医者だったが、実家は、大阪の生野区で工場を経営していた。テレビに使う小さなゴム製の部品を作っているのだという。夫婦二人で、懸命に働いていたやさき、舅は旋盤で右手の指を落としたらしい。そういえば、口数の少ないその人の背広の袖がやたらに長く見えたのを思い出した。人目につかないよう気づかっていたのだろう。父親同様、無口で、ぶ愛想な彼がむいたれいしを、あの父親は黙々と口に運んでいた。

そう聞いて、妹の人をみる目もそう節穴ではなかったのだ、と安堵した覚えがある。

ただ、先の彼女と違って、妹の舅は暗かった。まるで、手の存在そのものが申しわけな

い、とでもいうように、始終俯き加減に背を丸めていたのが印象的だった。三世として経済的に何不自由なく育った私には、在日韓国人一世の、生活そのものが大変だった時代の名残りを見る思いがしたのを覚えている。

ところで、その妹の手が嫁ぎ先で消えた。

韓国古来の風習の一つとして、結婚式の翌日、嫁ぎ先に嫁となったものとその両親が赴き、その家の祖先に嫁いだという報告をする儀式がある。

胸の前で組んだ手を白い布で覆われた妹がゆっくりと老朽した階段を下りてくる。黒光りした階段は、若い肉体の重みをうけ軋んだ音を立てている。その家の一階にある、八畳間の仏間には、すでに、舅と姑が膝を揃えて若い嫁を待っていた。

妹は淡い桃色のムクゲの花を思わせるチマ・チョゴリ姿である。丸い豊かな頬の下で小さな唇が真っ直ぐに結ばれている。頬を衣装と同じ色に染め、俯き加減に廊下を歩いていく。シニヨンに結った髪の後れ毛に続くうなじが、昼間からつけられた電灯の下でほの白く浮いて見えた。胸の前で組んだ両手には、風習で、手巾《スゴン》という白い布がかけられていた。

姑の手で仏壇の前の香炉に線香が焚かれた。小さな家には不似合いな程の立派な黒塗の仏壇は、大人の身の丈程もある。その前で、妹は姑に促がされるまま額ずき、韓国古来の大礼を始めた。手を胸の前で組んだまま、頭を垂れ、座して額ずく。仏壇の蠟燭は、その都度、若い嫁の到来にはにかむように、小さく揺れている。

大礼を二回行った後は、立ったまま軽く頭を垂れ、民族衣装を着たままの歩き方と同じくらいぎこちない挨拶がようやく終わった。

この儀式の時、嫁の親、縁者は室に入れないしきたりだったから、私と両親は廊下に立ったまま、磨きこまれた床柱の影からこの光景を眺めていた。

妹の手首から先は、すっぽりと白い手巾《スゴン》に覆われて、彼女はその日、不自由そうだった。大礼一つ、両端の人に支えてもらわねばできない。白い布に意思までも消されたように見えた。縁のかがっていない、木綿の布がなんだか憎らしく、妹が見知らぬ、他家の祖先につれていかれそうで、私は切なかった。この結婚には私が一肌脱いだにもかかわらずだ。

というのは、婿になった男性は国籍上は、日本人だったのだ。国立大学で教授を目ざすために、帰化したのだという。父は釣り書きを見ただけで、真っ向から反対した。一年前に嫁いでいた私は、妹が帰化者と見合いするのを反対した父に、「レッテルはどうであれ、同じ国の血が流れているんでしょう」とくってかかった。夫は、韓国は済州島の出身である。我が家の出身は陸地だからという理由で、父が見合いに難渋した時も、私は同様に激しく抵抗した。

韓国には、未だ出身地によって見合い相手を選ぶ風習がある。青臭い正義感もあって、私は自分達が受けた歴史に繰り言をもちながら、父がそれをくり返すことが許せなかったのだ。渡来した朝鮮民族は、風習やしきたりなど、本国の人間以上に拘っていることが多い。

新作のため渡米し、取材した日系人も、やはり本国の日本人以上に昔の大和魂をもっている人が多かった。我慢や、辛抱を身上として育てられた若い日系人もいた。おそらく、祖国というのは、離れて初めて意識するものなのだろう。

同胞との結婚のために、恋愛も御法度。就職も禁じられて、ひたすら籠の鳥よろしく不自由な思いをした青春時代、私の恨みは一心に親世代に向けられていた。小説を書くようになった今、あの時の不自由さがあったからこそ、今、こうして自己を表現することに情熱をかたむけられるのだ、と思いながらも、私の内に納っていない何かがある。

いや、だからこそ、書くということに、執着できるのかもしれないのだが。

田之助の舞をみながら、あの日の手巾《スゴン》に消された妹の手に思いを馳せてみる。

盛大な結婚式で一言も自分達の出自に触れなかった妹の婚家の、かたくななまでのあの日の儀式へのこだわりや、私よりずっと早くから民族に開眼しながら帰化への道をたどっていった彼女の心中を思う。失ったものへの人々の、それぞれの思いに、答えのない繰言に、息苦しい思いになる私の情感は一体どこの国のものだというのだろう……。

幸い妹の手は瞬時の間消されただけで、先細りの白く長い指は、赤子のお尻をふいたり、洗たくをしたり、夫の酒の肴をあつらえている。

だが、私は、彼女が嫁いだ時、やはり両手をなくしたのだ、と思っている。悩んだ末、本名で生きる私達夫婦とはまた違った、ある種の不自由さを引き受けたのだと知っている。

夫君の勤務で渡米していた妹が、帰国後にポツリと、――アメリカで、自分は日本人以外をなのれないのだと知ったのよ――といったことがある。日本では自分達を時に外国人と感じることがあっても、大きな外国の枠組みでは、アジアンは一つなのだ。そして、また妹が故国をたずねられて、答えられる国は、日本以外になかったのだといった。懐かしく思いだすのは、お茶漬であり、日本語の書物だったと。
帰化申請を始めた妹に、父は最後まできちんと書類を揃えてやらなかった。
どちらの溜め息も、受話器口に耳元で聞いたような覚えがある。
どちらの繰り言にも、黙って共感した記憶がある。

膝をつき、着物の袖口から消えた幻の手で田之助が舞いだした。四肢をなくした女形は扇をもてない。弟子が、長唄にあわせ、扇を右に左に、前に後ろにと、黒子と人形師の関係になって、舞う。扇は、幻の手に捕まれ、要返しに、右に左に、前に後ろに、舞人の思いそのままに、舞台を行きかい、妖なる光を放っている。紙吹雪の中、舞い踊る八重垣姫は、寝乱れた姿で衣装こそ異様だが、定番の二十四孝の華やかな姫の舞姿とは、又、異質の世界を観客に想起させる。死に裏打ちされた生の舞は、いよいよ華やいでいく。舞扇を歯でくわえ、半身をそらせて、身もだえし、空を掴もうとする田之助の、なんと力に満ちた踊りだろう。
不自由であるということは、時に、なんら制約をうけることがない以上に、多くの実りを人に与えてくれるものなのだろうか。だが、そこに行くまでの道筋の、なんと孤独で壮絶な戦いだろう。

——花の咲くは、実を結ぶためなれば——

田之助の言葉は、苦悶の血を流した花が、その次世代に何を残さずして散ろうか、という思いに溢れていた。日本人になった妹は、アメリカ人家庭に養子となった、日本語のできない、沖縄生まれの日本人に自分に近いものを感じるという。四世になる子供に、父祖の国の話をできないまま本名を使わせている私は、この四月に小学生になる娘に、どうやって二つの国を受け止めさせてやれるのか、惑う日々である。

どちらも、見えない手で、何かを捜している最中である。

失った手の先に、人は何を掴むのか。

舞扇に問いかけても、答えなどでる筈もない。

あとがき

この程念願かなって、エッセイ集を含む小説二作品を出版させて頂くこととなりました。どの作品も愛着のあるものです。小さな作品から百枚近くの中編までです。絵画でいうと、十号から五十号のキャンバスに描いた作品群といえるでしょうか。油絵風のもの、水彩画タッチのものからクロッキー調のものもあります。

京都の北山に生まれ育ち、自身が在日と知らず育った私も、韓国名を使いはや二十五年がたちました。最近思いますのは、韓国名を使うことの原罪なような申し訳なさです。といって、いまさら日本名を使うと人の借り着を着ているような居心地の悪さも感じます。

私は名前を、いつ、どこに置き忘れてきたのだろう、と思う日もあります。

ただ、それらを在日の狭間やディアスポラなどという言葉で簡単にかたづけたくないという思いが強いのです。

自身が日々の日常で感じ、そのプロセスでいろんなことを考えたのが、こういった作品を生む動機となったわけですが、もとより在日文学というジャンルにカテゴライズされるのを望んで作家になったわけではなく、韓国名を使って小説を書くと日本ではこうなるというのが実情です。

実際、ペンネームを変えることもよく考えました。

そんな私に金さんは日本語人ですね、と言ってくださったのは米国の新移民とよばれる日系移民の方でした。ロス暴動の取材時のことです。

それからまた時が過ぎ、その言葉もこの日本では通じえないのだ、と、感じる日々です。故藤本義一先生に初めて頂いた賞は、香・大賞というもので本編にも入っていますが、裸婦デッサン時にモデルが流した母乳について書いています。新聞三紙に発表してきたエッセイ集もそれら、在日文学に属さないものがたくさんあります。

自身に求められた作品と、書きたいものの両者を入れさせていただきました。

それら全てを含んで私だからというシンプルな理由です。「贋ダイヤを弔う」は、大阪女性文芸賞を受賞した作品です。なぜ今発表をと思われるかもしれません。が、「ロスの御輿太鼓」にいたる時代の変遷を感じてもらえればとの思いがありました。

この十月、新作のため渡韓し自身の意識の中に変化があったことを感じ入りました。自身が遠来の客のように、父祖の国はとても遠い国になったという感慨で一杯でした。それらは歳月のもたらした哀しみというより、もっと深い、なにか一種の感動にも近い感情ともいえます。一つの回廊を長く歩んだ後に、ふと足をかけた階段の先に期せずしておもわぬ踊り場が現れた感覚に近いかもしれません。この二十年、作品とともに悩み、考え、多少は成長してきたように思っていたのですが、踊り場からの逆光で見たその景色によって次のテーマに誘われているようにも思いました。

おそらく次作はこういった微妙な感覚を表現することになるのだと思いますが、それはひどく時間のかかることのようにも感じます。作家とその作品群はまさに一対ですから、私は成長するのも、マチュアするのもひどく時間のかかるほうなのかもしれません。ゆっくりと時間をかけて丁寧に作っていけたらと思っています。

今回作品を出すにあたってさまざまな方の恩恵に感謝しています。

十三年間、病に悩み体調の悪い私に、時に連載時に伴走してくださった大阪毎日新聞社の学芸部記者の有本忠浩さん、金さんの文学は自分達の問題を虫眼鏡で見るようなんですといって、河出の文藝賞受賞時から大らかに暖かく励まし続けてくださった東京毎日新聞の論説委員の重里徹也さん、パソコンを勉強しなさいと早くからご教示くださった読売新聞のもと学芸部長でいらした藤本晋さん、映画もご一緒して時に厳しくご指導くださった、もと読売新聞の記者で現在谷崎潤一郎館の事務局長の浪川知子さん、朝日新聞本社で書き直しを辛抱強く待ってくださった聡明な学芸部記者だった小山内伸さん、「贋ダイヤを弔う」を受賞作品として選んでくださった恩人の河野多恵子先生、今はなき秋山駿先生、道に迷い続ける私に文学への扉を開けてくださった呉文子氏。そして、ご多忙の中、私のようなものに過分の帯を書いてくださり、強く背中を押してくださった宮本輝先生。

それら多くの方々に感謝するとともに、今年が十三回忌だった最愛の亡き父に、この本を捧げます。お父さん、これでひと段落したから安心してください。大地にしっかと両足をつけ、必ず再起し逞しく生き抜きます。

玄界灘の荒波を越え渡日してくれた一世の祖父母達。父祖の国の先祖にこうべをたれ、日本の地に額ずき、韓半島の方向に大礼をする気持ちで一杯です。

生まれながらにして文学的な命題を与えてくださった祖先に感謝しています。

そして、京都で育んだ感性がそれらをより芳醇なものとしてくれると信じてもいます。

次なるステップに歩みをすすめていくうえで、十三年間暗転だった舞台に、第三幕へとカーテンをあけてくださった全ての皆様に感謝しつつ。

文学の可能性を信じ、遅々とした歩みですが、ささやかでも何かの役にたつ作品を書いていければ幸いです。

作品は初期のものもあり、今の自身からは遠いと感じるものも多くあります。が、それらも含め一人の在日三世の描いた軌跡としてあえて上梓することを快諾してくださった、社会評論社の新孝一さんには心より感謝しているものです。

人権の講演会では朗読をよくいたしました。病気で講演ができないときに、お話しでなく自作を読むことでなんとか十三年間仕事をしてまいりました。稚拙な朗読ですが、文字の読めない方々に作品を知って頂ければ幸いと本に付けさせて頂きました。ＣＤを制作してくれたムクヨミドリのお二人にも感謝申しあげます。

この本やＣＤが何かのお役にたてれば幸いです。

二〇一四年十一月

明け方の風が何かの追い風のように強く感じた日。

［初出一覧］

贋ダイヤを弔う	一九九五年一月	『鐘』第七号
ロスの御輿太鼓	二〇〇六年十一月	『地に舟をこげ』創刊号
ポソンと丸足袋	二〇〇〇年三月三一日	東洋経済日報
ポソンと足袋	一九九七年五月六日	読売新聞大阪夕刊
二律背反の苦悩	二〇〇一年八月三十一日	毎日新聞大阪夕刊
生と死の匂い	一九九七年五月八日	読売新聞大阪夕刊
二人の祖母	二〇〇〇年八月十一日	東洋経済日報
哭の深さ	二〇〇一年三月三十日	東洋経済日報
父との別れ	二〇〇一年六月一日	毎日新聞大阪夕刊
わたしとおかあさん	二〇〇二年九月六日	毎日新聞朝刊
ドナウ河のさざ波を聞きながら	二〇〇六年八月十一日	東洋経済日報
じゃからんだの花枝	一九九七年五月九日	読売新聞大阪夕刊
日本語人	一九九七年五月十二日	読売新聞大阪夕刊
ロスの御輿太鼓	一九九九年十一月十二日	朝日新聞夕刊

香り風景　一九九七年五月七日　読売新聞大阪夕刊
店先の魔術師　二〇〇一年六月二十九日　毎日新聞大阪夕刊
浄満さん　二〇〇一年八月三日　毎日新聞大阪夕刊
風の盆　二〇〇一年九月二十八日　毎日新聞大阪夕刊
〈福〉のゆくえ　二〇〇五年八月十八日　読売新聞大阪夕刊
合気道の体験　二〇〇五年八月四日　読売新聞大阪夕刊

パンソリの宴　二〇〇五年八月三日　読売新聞大阪夕刊
若狭に響く「イムジン河」　二〇〇二年八月二十二日　読売新聞大阪夕刊
済州島をゆく　二〇〇五年八月十七日　読売新聞大阪夕刊
夫婦の墓　二〇〇五年八月十一日　読売新聞大阪夕刊

「静かな演劇」を生んだ若き稲穂　一九九五年五月十七日　『AERA』
崔承喜のこと　二〇〇〇年十一月二日　読売新聞大阪夕刊

金真須美（きん・ますみ）

作家。ノートルダム女子大学英文科卒業後、東京の桜会でシェイクスピア演劇を学ぶ。第4回香・大賞受賞。小説「贋ダイヤを弔う」で第12回大阪女性文芸賞、小説「メソッド」で第32回文藝新人賞優秀作受賞（主催・河出書房新社）、雑誌や新聞にエッセイを執筆。著書『メソッド』（河出書房新社）、『羅聖の空』（草風館）ほか。2011年には韓国でも作品集が刊行された。
ノートルダム女子大学非常勤講師、各地で人権や教育問題などをテーマに朗読コンサートや講演も行っている。

ロスの御輿太鼓　金真須美 作品集

2014年11月25日　初版第1刷発行

編　者＊金真須美
装　幀＊後藤トシノブ
発行人＊松田健二
発行所＊株式会社社会評論社
東京都文京区本郷2-3-10
tel.03-3814-3861/fax.03-3818-2808
http://www.shahyo.com/
印刷・製本＊倉敷印刷株式会社